KB066993

난
멍 때릴 때가
가장 행복해

이상권
에세이

난
멍 때릴 때가
가장 행복해

특별한서재

차 례

꿈이 없어도 좋으니까, 포기하지는 말자

"책을 사지 않아도 좋으니까, 아이들이 서점에 자주 왔으면 좋겠어요."

20년째 서점을 운영하고 있는 박 씨는 애써 밝게 웃으면서도 말을 할 때마다 입술에 힘을 주었다. 인터넷서점과 대형서점에 밀려 거의 사양 산업이 돼버린 동네 책방을 지켜내고 있는 그의 고집이 입술에 집결해 있는 것 같았다.

그는 대기업에 다니다가 퇴직하고 서점을 열었다. 어느 날 왜 그 좋은 직장을 그만두고 무모한 선택을 했냐고 농담 섞어 물었더니, 그는 허허허 웃으면서 책방을 하는 것이 자신의 꿈이었다고 하면서 일어났다. 카운터에 앉아 있던 여자가 냉커피를 들고 왔기 때문이다.

멀리서 볼 때는 밝은 옷차림 때문인지 새치 하나 없는 까만 머리 때문인지 40대 정도로 보였으나 악수를 할 수 있을 정도로 가까워지자, 적어도 환갑상 받을 나이에 이르렀음을 알 수 있었다. 책방 구석에 있는 작은 사무실은 후덥지근했다. 그녀는 에어컨을 틀어도 덥다면서 살짝 눈인사를 하고는 돌아섰다.

박 씨는 냉커피를 절반가량 비우고는 입을 열었다.

"저는 홀아비 밑에서 자랐어요. 아비는 깡마르고 키가 아주 컸는데, 너무 약해서 제대로 일을 할 수 없었어요. 그러니 돈을 벌 수가 없었고, 동화책은커녕 참고서 한 권 살 돈을 주지 않았어요."

박 씨는 중학생이 되자마자 이웃으로 이사 온 동갑내기 여학생을 좋아하게 되었다. 오며 가며 눈을 익힌 둘은 자연스럽게 서로에게 관심을 갖게 되었다. 어느 정도 친해지면서부터 박 씨는 그녀를 만날 때마다 긴장하는 버릇이 생겼다. 공부는 그럭저럭 하는 편이라서 그녀에게 밀리지 않았는데, 문제는 다양한 지식이 없어서 늘 이야기를 하다 보면 밑천이 달렸다. 상대는 세계문학전집은 물론이요, 당시에 유행하는 다양한 책까지 읽고 있었으니 당해낼 수가 없었다.

한마디로 그들은 수준 차이가 났다. 한쪽은 엄청 박식하고, 한쪽은 교과서 외에는 읽은 책이 없는 빈 깡통이었다. 그렇다고 여학생한테 책을 빌려달라고 하는 것도 자존심이 허락하지 않았다.

"중학교 3학년 때였을 겁니다. 당시 학생들한테 인기가 좋았던 무슨 잡지였는데, 거기에 자기 글이 실렸다면서, 그걸 읽고 평해달라고 하는 거예요. 여자친구가요. 해서 동네 책방에 가서 몰래 보려고 했더니, 사장이 못 보게 하더라고요. 그래서 사정을 했어요. '사장님, 돈이 없어서 그러니 이 책 이 부분만 읽게 해주세요.' 그렇게 사정했는데도 냉정하시더라고요. 결국 그다음 날 사장님 부인이 있을 때 그 책을 가방에다 슬쩍 넣고야 말았죠. 처음으로, 태어나서 처음으로 무엇인가를 훔쳤으니, 제 얼굴이 달아올랐고……."

박 씨는 잠깐 말을 멈추고는 마른 얼굴을 두 손으로 한 번 문질렀다. 이미 까마득한 과거 속의 일이지만 지금도 그 일을 생각하노라니 얼굴이 달아오르는 모양이다.

나는 그런 박 씨의 마음을 이해할 수 있었다. 나 역시 그와 비슷한 경험이 있었기 때문이다. 주인아주머니는 그런 박 씨의 표정을 보고는 가방을 좀 보자고 했다. 그 순간 죽어버리고 싶었다고 박 씨는 회상했다. 그 여자는 박 씨를 노려보더니 당장 학교에 연락하겠다고 으름장을 놓았다. 박 씨는 잘못했다고 빌지도 못했다. 그만큼 무방비 상태였다. 그때 사장이 나타났다.

사장은 둘 중 하나를 택하라고 했다. 당장 집에 가서 책값을 가져오든가 아니면 경찰서로 가든가 알아서 하라고 했다. 그러면서 사장은 내쫓듯이 박 씨를 밖으로 내보냈는데, 정작 그는 갈 곳이 없었다. 그는 두 시간이 넘도록 길거리를 배회하다가 집에 갔고, 라면을 끓여주는 아비에게 사실대로 털어놓았다. 아비는 말없이 라면 국물까지 먹어치우고는 밖으로 나갔고, 그가 훔친 책을 가지고 돌아왔다. 이번에도 아비는 자책하면서 아들에게 미안하다고 했다.

그것이 아비가 사준 최초의 책이었다. 박 씨는 책상에 놓인 그 책을 볼 수가 없었다. 막상 보려고 책을 만지기만 하면 서점 사장의 눈빛이 떠오르고 얼굴이 달아올랐다. 묘하게도 자신의 가장 소중한 무엇인가를 그에게 주고 대신 책을 받아온 느낌이었다. 결국 박 씨는 그 책을 보지 못했고, 차일피일 그녀를 피하기 시작했다.

그러다가 겨울방학을 하던 날 그녀와 마주쳤다. 그녀는 왜 자신을 피하는지 말해달라고 다그쳤다. 만약 이유를 대지 않으면 이 세상 어디까지든 따라가겠다며 쏘아보았다. 박 씨는 마지막이라고 생각하고 사실대로 고백했다.

난 먹 때릴 때가 가장 행복해

"난 너랑 수준 차이가 나서 안 맞아!"

박 씨는 가급적 최대한 솔직하고 짧게 말했다. 그것이 그녀에 대한 예의라고 생각했다. 그녀는 화난 눈빛으로 쏘아보기만 하더니, 그 크고 맑은 눈빛이 붉게 물들어버렸다.

"이 바보야!"

그녀도 최대한 솔직하게 말했다.

"책 빌려달란 소리도 못하냐구우!"

그녀는 박 씨의 팔을 잡고는 나뭇가지를 마구 흔들어대듯이 몸부림을 쳤다. 박 씨는 아무런 말도 하지 못했다. 그녀는 실컷 울고 난 다음 이렇게 말했다.

"그런 이유 때문이라면 못 헤어져! 알았지?"

그때부터 그녀는 박 씨가 읽고 싶어 하는 책을 무시로 빌려주었다. 하도 가난한 아비 밑에서 자랐기 때문에 열심히 공부해서 뭔가 돈 많이 버는 일을 하고 싶었다던 박 씨는, 그때 처음으로 나중에 어른이 된다면 도서관이나 서점을 하고 싶다는 열망을 품었다. 생애 처음으로 꿈을 갖게 된 셈이다. 그런 말을 하자 그녀는 마치 기도하듯이 두 손을 모으면서 좋아했고, 꼭 그렇게 되기를 바란다고 힘을 실어주었다.

박 씨는 대학에 진학해 다양한 책을 접했고, 책이라는 것이 단순하게 지식을 전달하는 물건이 아님을 알게 되었다. 책 속에는 다양한 사람들이 있었고, 당연히 다양한 세상이 있었다. 만약 좀 더 일찍 책을 접했더라면 공대를 가지 않았을지도 모른다고 말했다. 박 씨는 자연과학을 연구하거나 또는 미술사학을 공부하고 싶다는 말도 했다. 그런 책을 보거나 그런 상상을 할 때 가장 즐거웠다고. 그 밖에도 하고 싶은 일이 많았다. 그 모든 것을 책이 알려주었다. 그래서 박 씨는 책이 꿈을 줄 수 있다는 사실을 알았다.

"그러자 책이 더욱 좋아지더라고요. 첨에는 단순하게, 책을 제대로 보지 못하고 성장했던 제 과거만 떠올리면서 나 같은 아이들이 맘껏 책을 볼 수 있게 하겠다고 서점이나 도서관을 생각했는데, 그게 아니었어요. 이제 책의 진정한 가치를 뒤늦게 알았다고나 할까요. 그래서 책이야말로 정말 필요한 것이구나! 서점이나 도서관은 그 어떤 일보다도 가치 있구나! 그렇다면 어서 돈을 벌어 그 일을 시작하자! 그런 생각으로 돈을 벌기 위해서 노력했어요.

근데 생각만큼 돈이 벌어지지 않는 거죠. 아시잖아요? 취업하면 장가도 가야 하고, 장가가기 위해서는 집도 사야 하고, 자동차도 사야 하고. 근데 물려받은 돈 한 푼 없는 놈이 어느 세월에……. 나이 마흔이 되어가자 헛꿈을 꾸고 살았구나, 하고 자꾸만 맥이 빠지고 우울해지더라고요. 그때 아내가 그러더라고요.

하고 싶은 거 더 늦기 전에 하라고요. 같이 하자고요. 근데 마침 아는 지인이 좋은 목에 있는 서점이 나왔다고 해서…… 당장 사표 내고 덤벼든 거죠."

그렇게 해서 박 씨는 책방을 시작했고, 힘들기는 해도 아직까지는 그럭저럭 버틸 만하다며 웃었다. 박 씨는 당신네 책방에 오는 청소년들을 가장 우대했고, 돈이 없는 아이들에게는 외상으로 책을 주기도 했다. 아무 때나 돈이 생기면 갚으라는 조건으로 외상을 하다 보니 10년 만에 외상값을 갚으러 온 사람도 있었다. 어쨌든 아직까지 책값을 떼먹은 사람은 없다.

박 씨는 어릴 적부터 책방을 들락거리던 사람은 중고등학교는 물론이요 대학교 그리고 결혼한 후에도 찾아온다고 했다. 또한 옛날 부모들은 자식들에게 참고서를 사줄 때도 꼭 같이 왔으며, 다른 책까지 자식들에게 고르도록 했는데 요즘은 그런 풍경을 볼 수가 없다고 아쉬워했다. 특히 책방에 찾아오는 청소년들이 부쩍 줄어든 것을 안타까워했다.

"우리 서점에는 팔리지 않아도 청소년 관련 책이 가장 많아요. 그래서 근처 중고등학교에 재직하는 선생님들이 많이 오시는데, 이야기하다 보면 가슴이 먹먹해져요. 요새는 야자도 강제로 시키지 않는답니다. 원하는 학생들만 하고…… 일부 학교는 학부모, 학생, 교사들이 합의해 아예 야자를 하지 않기도 한답니

다. 상당수 선생님들은 지금 학교에서는 희망이 없다고 얘기하
시더라고요. 특히 어중간한 인문계 학교에 다니는 학생들은 거
의 다 졸업장 따기 위해서 학교에 나온대요."

"저도 그런 얘기 자주 들어요. 학생들이 수업시간에 서너 명
만 남겨놓고는 다 자는데, 그러다가도 벌떡 일어나서 가는 학생
들이 있답니다. 알바 때문에 가는 거래요. 그러니까 뭔가 목표
가 있으면 하는데, 아무런 목표가 없으니 학교에 오면 자는 거
래요."

"어쩌다가 학교가 이렇게 돼버렸을까요? 선생님들도 학생들
한테 뭐라 할 말이 없대요. 학생들이 꿈이 없다는 것을 알고 있
으니까요. 이미 공부는 포기했고, 꿈도 없고…… 근데 선생님들
도 뭐라 해줄 얘기가 없대요. 그게 너무 안타까울 뿐이라고 책
방에 와서 하소연하시는데…… 이럴 바에는 학교를 없애버리
는 게 낫지요."

나도 박 씨의 말을 들으면서 씁쓸하게 웃었다. 나 같은 386세
대들은 적당히 공부해도 대학에 갈 수 있었고, 적당히 공부해도
좋은 직장에 취업할 수 있었다. 그렇다고 우리 어른들은 행복한
가. 우리의 후손인 아이들에게 꿈을 가질 수 없는 세상을 물려주
어야만 하는 우리 기성세대들은 아무리 좋은 차를 굴리고 좋은
아파트에서 산다고 해도 불쌍한 존재들이 아닐까.

"책방으로 아이들을 오게 하기 위해서 제 나름대로 노력 중입니다. 학교 선생님들이랑 이런저런 토론도 해보고, 교육청 관계자들을 만나면 이러저러한 제안을 해보기도 하지만 죄다 거절당하지요. 시의원이나 시청에 있는 공무원들도 마찬가지에요. 다들 책은 신경 안 써요. 그건 티 나는 게 아니거든요. 행사를 해도 폼 나는 걸 하고 싶어 하지요. 뭔가 요란하고 화려한 것! 뭐 K-팝스타 같은 그런 류의 오디션 행사를 하거나 돈이 들더라도 유명한 사람을 초청해서 폼 나게 청소년 행사를 하려고 하지요. 책 관련 행사라고 하면 모두 좋다고 하다가도 막판에 등을 돌려요. 투표로 뽑는 교육감들도 그런데…… 더 말이 필요 없지요.

그래도 포기하면 안 되는 거잖아요? 저는 아이들을 보면 그런 말 합니다. '꿈이 없어도 좋으니까 포기하지는 말자. 살다 보면 또 하고 싶은 것이 생기는 법이야. 그렇게 살아가는 것 중에, 특히 너희들만 할 때는 책 읽는 것도 아주 중요해. 왜냐하면 책 속에는 수많은 생각과 길이 있거든. 나도 책 속에서 희망을 찾은 사람이란다……' 라고 말하지요."

"저도 같은 경우입니다. 저 역시 책 속에서 길을 찾은 사람 중에 하나니까요. 유럽의 일부 나라들은 정부에서 아이들이 책하고 가까워질 수 있도록 많은 투자를 합니다. 새 학기가 되면 초중고 학생들에게 책을 살 수 있는 토큰을 한두 장씩 줍니다. 모든 학생에게 다 주는 거지요. 학생들은 그 토큰으로 적어도 1년에 한두 번은 스스로 책방에 가서 책을 골라 삽니다. 그런 식으로 어른들이 아이들에게 책을 찾아갈 수 있도록 길을 마련해주어야 합니다."

나는 거기까지 말을 한 다음 잠깐 숨을 깊게 들이마시고는 박씨를 보았다. 박 씨도 그런 제도에 대해서 들었고, 진보 교육감이라고 하는 사람을 만났을 때도 그런 얘기를 했지만 좋은 반응을 얻지는 못했다고 했다. 그러면서 말만 교육감이지 실제로는 정치인이라고 허탈한 표정을 지었다.

나는 자꾸 시간을 확인하는 박 씨를 보고는 이제 일어날 때가 되었다고 생각했다.

"아무튼 사장님, 고맙습니다. 이렇게 저한테 귀중한 시간을 내주시고…… 그리고 마지막으로 궁금한 게 있는데, 저기 카운터에 앉아 있는 저분이 사모님 맞지요? 그때 그 여학생! 이 바보야, 하고 절대 헤어질 수 없다고 했던 그 여학생이요?"

박 씨는 그냥 헤헤헤 웃으면서 소년처럼 손으로 입술을 만지작거렸다.

'그냥'이라는 말처럼
아이들을 닮은 말이 있을까?

우리 집 마당에 세 들어 사는 매화나무를 비롯해 개나리, 살구나무, 명자나무, 벚나무들이 한꺼번에 꽃을 터트리던 봄날! 그러니까 사람들 입장에서 보면 북새통을 이룬 봄꽃들이 잔칫날처럼 보였겠지만 식물들 입장에서 보면 몹시 혼란스러운 봄날, 나는 20여 명의 학부모들 앞에서 강연을 하고 있었다. 청소년문학에 대한 이야기를 하다가 갑자기 창밖으로 보이는 봄꽃들이, 변덕스러운 봄 날씨의 서슬에 놀라 당황하는 봄꽃이 우리 아이들인 것만 같아서 이렇게 질문을 던졌다.

여러분의 아이들, 즉 우리나라 청소년들이 가장 듣고 싶어 하는 말이 무엇인지 아냐고? 갑작스러운 내 질문에 학부모들은 당황하는 눈빛을 감추지 못했다.

난 재빠르게 말을 이었다.

아이들이 가장 듣고 싶어 하는 말은 잘했다, 힘내라, 쉬면서 해라 같은 말이라고. 여러 학교에서 설문조사를 했는데, 거의 모든 아이들이 "잘했다! 힘내라!" 하는 말을 듣고 싶어 했다. 그러니까 아이들은 힘들어할수록 공부가 안 될수록 누군가에게 격려를 받고 싶어 한다는 뜻이다.

나는 요즘 인기 있는 어느 방송사 앵커가 자주 쓰는 말을 인용해서 "자, 그럼 한 걸음 더 들어가 보기로 하겠습니다!" 하고 말했다.

"아이들이 선생님에게 가장 듣고 싶어 하는 말은 무엇일까요?"

그것도, 가장 잘했다! 열심히 했구나! 힘내라! 이런 말이다. 그럼 부모님에게 가장 듣고 싶어 하는 말은 무엇일까? 그것 역시 잘했다, 자랑스럽다, 쉬면서 해라, 같은 말이다.

청소년 시기에는 친구관계가 가족보다 더 절대적인데, 친구한테 가장 듣고 싶은 말은 무엇이었을까? 그것도 비슷했는데, 네가 최고야, 넌 똑똑해, 넌 좋은 친구야, 이런 말이다.

거의 다 상대방을 칭찬해주고 배려하고 격려해주는 내용이

난 떡 때릴 때가 가장 행복해

다. 그만큼 우리 아이들은 칭찬에 배고프다는 뜻이기도 하다. 배가 고프니까 자꾸만 그런 말을 먹고 싶은 거다. 근데 칭찬이나 격려를 해주지 않으니까, 우리 아이들은 늘 배가 고프다.

이런 경우에는 돈이 있어도 칭찬을 사먹을 수 없으니, 적어도 어른이 되기 전까지는 늘 그렇게 배가 고픈 채로 버텨 내야만 하는 불쌍한 존재들이다. 겉모습은 옛날 아이들보다 훨씬 커졌고, 그만큼 풍족하게 밥이나 고기를 먹어대지만 마음은 옛날 아이들보다 더 배가 고프다. 나는 그런 아이들의 속이야기를 들어주기 위해서 청소년문학을 한다.

"아이들의 이야기를 들어주고 싶습니다, 그냥요!"

나는 솔직하게 말한 다음, 다시 어른들을 쳐다보았다. 그리고 이렇게 물었다. 그렇다면 요즘 우리 아이들이 학교에서 가장 많이 하는 말이 무엇인지 아냐고. 그러자 맨 앞줄에 앉아 있던 어떤 어머니가 조심스럽게 말을 열었다.

"학교에서 가장 많이 하는 말은 '아 졸려!'나 '망했어!'라는 말이라고 들었어요!"

그 말이 끝나자마자 여기저기서 작은 웃음이 터져 나오다가 금세 조용해졌다. 청소년들이 그 말들을 어떤 상황에서 내뱉었는지를 잘 알기 때문이다.

또 다른 분이 약간 자조 섞인 어투로 말했다.

"아, 배고파! 집에 가고 싶다! 언제 끝나니? 그런 말도 학교에서 많이 쓴다고 하더라고요."

나는 고개를 끄덕였다. 어쩌다가 우리 아이들 입에서 그런 말들이 가장 많이 나오게 되었는지 마음이 무거워졌다. 그렇다고 해서 내가 해답을 줄 수는 없다. 나는 우리 사회에서 홍수처럼 쏟아져 나오는 멘토와 관련된 글을 쓰는 사람도 아니다. 그래서 나는 다시 제 앞에 앉아 있는 분들에게 이렇게 물음을 던질 수밖에 없었다.

"이제 마지막으로, 아이들이 가장 쉽게 하면서도, 가장 좋아하는 말은 뭘까요? 이게 제가 오늘 청소년문학에 대한 말을 하면서 하고 싶은 말이기도 합니다."

그러자 아무도 말을 하지 않았다. 나는 질문이 애매하다는 것을 인정했고, 그래서 곧바로 "그건 '그냥'이라는 말입니다" 하고 말해버렸다. 내가 그렇게 말했는데도 무슨 뜻인지 모르는 사람도 있었다.

나는 다시 말했다.

"요즘 아이들이 가장 좋아하고, 가장 만만하게 생각하면서도, 가장 의지하고 싶은 말은…… '그냥'이라는 말입니다. 그냥!"

그제야 내 앞에 앉아 있는 어른들은 그 말뜻을 알아듣고는 웃기도 하고 고개를 끄덕거리기도 하고 한편으로는 이해할 수 없

난 떡 때릴 때가 가장 행복해

다는 눈빛을 짓기도 했다. 청소년들이 버릇처럼 내뱉는 '그냥' 이라는 말처럼 어른들이 납득하기 힘든 말도 없을 것이다. 언제부턴지 모르겠지만 청소년들의 입에 달라붙어서 살아가는 '그냥'이라는 놈!

그놈을 사전에서 찾아보면 '더 이상의 변화 없이 그 상태 그대로, 또는 그런 모양으로 줄곧, 아무런 대가나 조건 또는 의미 따위가 없는 것.' 비슷한 말로는 가만히, 그대로, 어쩐지 등이 있다.

아무리 생각해도 알 듯 모를 듯한 말인데, 어쩌자고 그 말이 청소년들이랑 동맹을 결성해 어른들을 혼란시키고 있는지 모를 일이다. 어떤 어른들은 그 말을 들으면 가슴이 답답해진다고 했고, 또 어떤 어른들은 화가 난다고도 했다. 왜 자기 입장을 또렷하게 말하지 않고 애매한 단어인 "그냥! 그냥!" 하고 내뱉느냐는 것이다. 그렇다. '그냥'이라는 말은 애매할 때, 청소년들이 힘들거나 귀찮거나 자꾸 누군가 묻거나 따지거나…… 하여튼 일상에서 힘들어질 때면 "그냥!" 하고 도망치듯이 내뱉는 말이다.

"나는 귀찮으니까, 그냥아! 네가 나가서 제발 좀 저 사람들을 상대해주라!"

뭐 그런 뜻이 담겨져 있을지도 모른다. 사실 청소년들이 내뱉는 '그냥'이라는 말에는 수천수만 가지의 감정이 담겨져 있다. 그러니 그것을 단순히 논리적으로 바라볼 수도 없고, 논리적으로 이해할 수도 없다.

나는 얼마 전 어떤 백일장대회 심사를 갔다. 초등부, 청소년부, 일반부로 나누어서 심사를 하고 시상식을 했다. 대회를 주최하는 측에서는 각 부분별 장원한 작품을 그 자리에서 낭독하기로 했다. 그것이 그 백일장의 오랜 전통이었다. 그런데 청소년부 장원을 한 학생이 찾아와서 "제 작품은 제발 낭송하지 말아주세요!" 하고 부탁하는 거다. 주최 측에서는 안 된다고 했다. 그리고 왜 낭송하지 말라고 하는지 이유를 물었다. 내용을 보니 친구와의 우정을 묘사한 것인데, 내가 보기에는 특별한 문제가 없어 보였다. 그래서 어른들은 더 강하게 이유를 물었지만 학생은 "그냥요, 그냥……"이라는 말만 되풀이했다. 결국 주최하는 어른들은 그 작품을 낭송했고, 그 학생은 장원을 받은 상을 반납하겠다고 했다. 그냥, 그냥이라는 말만 되풀이하면서.

재작년이었다. 동네 식당에서 삼겹살을 구워 먹고 있는데 옆에 한 가족이 와서 앉았다. 엄마 아빠 그리고 키가 유독 작아 보이는 여자아이였다. 그들이 하는 말은 목소리가 유독 작아서 잘 들리지 않았다. 그런데 어느 순간부터 신기하게도 그들의 목소리가 들렸다. 어머니가 딸에게 말했다. "요새 남친이랑 어때? 걘 이과지? 공부도 잘한다면서?" 뭐 그런 식으로 물었고, 여자아이는 단답식으로 "응. 아니! 몰라!" 뭐 그런 식으로만 대답했다. 그러다가 갑자기 어머니의 목소리가 올라가는 것이었다.

"대체 왜 그러는데? 말 좀 해봐! 왜 갑자기 성적이 떨어지는 거야! 대체 왜 그래?"

그러자 여자아이는 급하게 고기를 삼키고는 "그냥!" 하고 대답했다. 어머니도 화가 났는지 아니면 이번에야말로 적당히 넘어가지 않겠다고 작정했는지 다시 다그쳐 물었다.

"학원도 자주 빼먹는 거 알아! 왜 그러는 거야?"

"그냥, 그냥……."

"그냥이라고 말하지 말고 이유를, 뭐가 어째서 그런지, 엄마 아빠한테 속 시원하게 말 좀 해봐! 그래야 엄마 아빠가 도와주고 그러지!"

"그냥, 그냐앙……!"

그러자 이번에는 아버지가 슬그머니 어머니의 눈치를 보면서 헛기침을 하더니 "너 엄마한테 말버릇이 그게 뭐니?" 하면서 아이를 보았다.

"너 아빠한테 말해봐. 대체 왜 그래?"

"그냥, 그냥 그런다구우!"

여자아이는 그렇게 발악하듯이 소리치고는 밖으로 나가버렸다. 아이를 키우는 부모님들 중에서 이런 경험을 한 번쯤 해보지 않은 사람은 없을 것이다. 그런데 어쩌겠는가? 그것이 청소년이라는 생명체인 것을. 그것들은 '그냥'이라는 말처럼 애매모호하면서도 도무지 뭐라 딱 단정 지을 수 없는 외계인 같은 존재들이다.

그러니 아이들이 그렇게 말하면 때로는 모른 척하고 넘어가 주어야 한다. 굳이 말을 하고 싶거나 불안하면 아이에게 "너무 힘든 모양이구나! 괜찮아. 쉬면서 해" 하며 용돈을 주거나 어깨를 토닥거려주면 되는 것이다. 그러면 아이는 '그냥'이라는 말을 눈물처럼 꿀꺽 삼키고 눈빛으로 "엄마, 고마워" 하고 대답하게 된다.

'그냥'이라는 말은 어른들이 이해할 수 없는 말이다. 그 시절로 돌아가서 그들이 되었을 때만 비로소 본능적으로 느끼고, 그 말에 의지할 것이다. 그러니까 우리 어른들은 그걸 이해하려고 하지 말고, 그냥 들어주기만 하면 되는 것이다. 그러다 보면 '그냥'이라는 말은 스스로 그 말을 내뱉은 아이들의 마음을 달래준다. 나는 '그냥'이라는 말을 들으면 수많은 청소년의 얼굴이 떠오르고, 외계인의 언어처럼 애매모호한 그 단어야말로 청소년들에게 가장 잘 맞는 언어라고 생각한다. 그리고 지금 밖에서 허둥거리면서 꽃을 피워내는 나무들에게 "너희들 대체 왜 그래?" 하고 묻는다면 "그냥! 그냥요!" 하고 대답할 것이다.

아무리 계절이 요동쳐도 나는 저 나무들을 믿을 것이다. 수천

수만 년을 버텨 낸 그 생명체들의 힘을. 우리 아이들의 살아가는
힘을 믿듯이 말이다, 그냥!

고교 졸업식장에 놓여 있는 학생들의 꿈, 정규직!

꽃눈이 풀풀 날리는 날, 어느 인문계 고등학교에 갔다. 이번 강연은 문학예술을 하는 작가로서 만남이었고, 작가라는 직업에 대해 이야기해줘야 하는 자리였다. 학교에서 아이들 미래를 위해 여러 직업에 종사하는 20여 명의 전문가를 초청한 것이다. 나는 작가지망생이 많지 않을 것이라고 생각했고, 한두 명이라도 좋으니 진지하게 그런 고민을 하는 학생이 오기만을 바라고 교실로 들어서는 순간 입이 딱 벌어지고야 말았다. 학생들이 교실에 가득 차 있었다. 그러나 강연을 시작한 지 5분도 되지 않아서 나는 당황하고 말았다.

난 떡 때릴 때가 가장 행복해

학생들이 하나둘씩 책상에다 얼굴을 처박고 잠을 자기 시작했다. 딱 세 명 정도가 잠을 자지 않았는데, 그들도 영어나 수학책을 펴놓고 있었다. 나는 그 학생들에게 왜 여기에 왔냐고 물었다. 학생들은 나한테 미안한 표정을 짓더니,

"선생님이 무조건 어느 한 곳에 가서 이야기를 들어야 한다고 했어요. 근데 저는 특별히 직업에 관심도 없고 해서 고민하다가 여기가 가장 편할 것 같아서 왔어요. 죄송합니다!"

그렇게 말했다. 오늘 오신 여러 전문가들을 생각해봤지만 마땅히 듣고 싶은 강의도 없고 그래서 잠이나 자려고 왔다는 것이다. 나는 잠을 자지 않는 아이들에게 너희들의 꿈은 무엇이냐고 물었다. 아, 그랬더니 놀랍게도 책상에다 얼굴을 묻고 있던 한 녀석이 고개를 들더니 항의하듯이 말했다.

"제 꿈은 인 서울 하는 것입니다! 그게 꿈입니다!"

그러고는 교실을 나가버렸다. 하도 어처구니가 없어서 더 이상 이야기를 할 수도 없었다. 나는 그냥 아이들에게 잠을 자라고 말하고는 교실을 나왔다. 담당선생님에게 더는 강연을 할 수 없다고 했다. 담당선생님은 어느 정도 이런 상황을 예측했다는 표정으로 죄송하다는 말을 열 번도 넘게 되풀이했다.

그날 밤 나는 초등학교 교장으로 있는 한 지인을 만났다. 내가 그날 있었던 강연 이야기를 하자 그는 시종일관 얼굴 가득 쓴웃

음을 담고는 한숨을 내뱉었다. 그리고 어딘가 아주 먼 곳을 쳐다보듯이 눈빛을 돌렸다.

"사실 초등학교 때만 해도 아이들은 다양한 꿈을 갖거든요. 정말 상상을 초월해요. 짜장면 배달원이 되겠다는 녀석도 있고, 우주기차 승무원이 되겠다는 아이도 있어요. 고양이나 개털 깎아주는 사람, 동물 통역사, 마법사가 되겠다는 아이도 있고요. 물론 의사, 변호사, 선생님, 작가들이야 당연히 나오고요. 그게 정상이죠. 근데 왜 중고등학교에 가면서 그런 아이들의 꿈이 사라지는지……. 작년 2월에 우리 큰놈이 졸업했거든요. 그래서 졸업식장에 갔죠. 초등학교 졸업식이야 제가 매년 하는 행사지만 고등학교 졸업식은 제가 졸업한 뒤로 처음이라 기대 반 호기심 반으로 갔는데, 졸업식장 벽에 아이들이 붙여놓은 자신들의 꿈이 있더라고요. 다섯 가지를 붙여놨는데, 그중 첫 번째 항목이 뭔 줄 아세요?"

나는 아무런 대답도 하지 않았다. 그는 역시 한숨을 담배연기처럼 몇 번이나 뱉어낸 뒤에야 나를 보았다.

"정규직이랍니다! 그렇게 붙어 있더라고요. 정규직 되는 것이 고등학교를 졸업하는 아이들이 가장 많이 생각하는 꿈이더라고요! 어렸을 때 가졌던 그 많던 꿈들을 다 버리고, 무조건 공부 잘해서 정규직이 되는 게 우리 아이들의 꿈이더라고요. 우리 딸에게 물어봤더니 '아빠, 그거 당연한 거 아냐?' 하고 제 얼굴을 쳐다보는데요, 얼굴이 확 달아올라서 딸애 얼굴을 볼 수가 없더군요. 아이 앞에서…… 제가 부끄럽다는 생각을 하기는…… 예에…… 교육자로서 아빠로서…… 예에……."

나는 그를 쳐다볼 수가 없어서 눈을 감아버렸다. 어느새 내 얼굴도 화끈거리며 달아올랐다.

나는 그동안 수많은 초등학교 아이들에게 편지를 받았다. 손글씨 꾹꾹 눌러쓴 녀석들의 글에는 나중에 어른이 되었을 때 어떻게 살고 싶다는 아름다운 꿈이 적혀 있었다. 마치 봄풀들이 돋아나듯이 새록새록 살아 움직이던 아이들의 꿈! 그런데 어쩌다가 중고등학교에 가면 그런 꿈들이 전멸해버리고, 정규직이라는 꿈만 남아 있을까.

"초등학교 때는 선생님들도 그렇고 학부모들도 그렇고 아이들에게 다양한 세상을 보게 하잖아요? 부모들이 경쟁을 하듯이 체험학습이라는 것을 하잖아요? 근데 중고등학생들을 보면 그런 시간들이 다 무의미해집니다. 지금 현재 대한민국에 사는 아이들에게는 다른 거 다 필요 없어요. 그냥 공부만 시키면 됩니다. 그것도 영어, 수학, 국어, 그것만 잘하면 됩니다. 예체능이니 인성이니 뭐니 다 필요 없습니다. 공부 잘해서 정규직이 되면 되는 사회인 거지요. 정규직이란 인간으로 사는 아이들의 미래고 비정규직은 인간으로 살 수 없는 불행한 미래인 것입니다."

그는 작년 가을부터 정기적으로 청소년들을 만난다고 했다. 당신이 초등학교 선생님이기 때문에 늘 거기까지만 생각했는데 이미 그 시기를 거쳐 간 중고등학생들을 보니까 역으로 초등학생들의 모습이 더 잘 보인다면서 학교를 이탈한 청소년들이 당신의 선생님이라는 말도 덧붙였다.

"그들이 그랬어요. 자신들이 어렸을 때는 자신의 꿈을 말하면 부모님이 지지해주고 응원해줬대요. 가수, 백댄서라는 말을 해도요. 근데 중학교 들어가면서부터 딱 자르더래요. 그리고 기타도 못 치게 하고, 컴퓨터 근처도 못 가게 하고…… 그런 부모님의 이중성에 환멸을 느낀다면서 집을 나온 아이도 있고…… 결국 아이들의 꿈을 없애버리고, 인 서울, 좋은 대학, 정규직을 향해서 질주하도록 뒤에서 조종하는 것은 우리 어른들이지요. 거기에는 개인의 성향이나 취향, 그딴 거 필요 없어요. 공부 잘하면 무조건 의대나 교대 가는 거지요. 그래야 돈 많이 벌고 안전한 공무원이 되니까요."

그 이야기를 듣다 보니 내 딸이 떠올랐다. 곧 대학을 졸업하는 딸은 어떨까? 대학이라는 보호망에서 벗어나 사회로 나가야 하는 그 아이는 얼마나 불안해하고 있을까?

갑자기 〈와이키키 브라더스〉라는 영화가 떠올랐다. 아이가

난 펑 때릴 때가 가장 행복해

초등학교 5학년 때 그 영화를 같이 보았다. 아이는 영화를 보고 슬프다고 했다.

"나는 화가나 작가가 되고 싶은데, 화가나 작가가 되지 못하면 어떡하지? 그 할아버지처럼 죽을 때까지 자신의 꿈을 이루기 위해서 노력해야 해? 아니면 다른 일을 해야 해? 나는 그게 궁금해. 아빠는 처음부터 작가가 되고 싶었어?"

나는 아이의 눈을 보면서 환하게 웃어주었다.

"아니! 아빠, 초등학교 5학년 때까지는 막연하게 화가가 되었으면 좋겠다는 생각을 했던 것 같아. 근데 이런 일이 있었어. 학교에서 사생화대회가 있었는데, 거기에 내가 반 대표로 뽑힌 거야. 난 집에 가서 형이 쓰는 좋은 크레파스를 들고 학교에 갔지. 구령대 앞에 사생화대회에 나갈 각반 대표들이 모였는데, 주최하는 다른 반 선생님이 내 이름은 부르지 않는 거야. 대신 우리반 반장 이름을 불렀어. 그때 나는 고개를 떨구며 집으로 돌아오다가 크레파스를 강에다 던져버렸어. 그리고 다시는 화가가 되겠다는 생각을 하지 않았지. 중학교에 가서는 과학자가 되겠다는 생각을 했어. 선생님이 과학 과목을 못하는 놈이 어떻게 과학자가 되냐고 면박을 주는 바람에 포기했어. 그다음부터는 꿈이 없었어. 고등학교에 가서는 학교에 전혀 적응하지 못했고, 그러다 보니 책만 보게 된 거야. 그래서 나도 모르게 글을 쓰게 되었고, 고등학교 3학년 때쯤 작가가 되고 싶다는 생각을 한 거야."

나는 작가가 될 능력을 가진 사람이 아니었다. 그 흔한 백일장에 나가서 상 한 번 받아본 적이 없었으니까. 누구 하나 내가 작가로서 능력이 있다고 칭찬해주지 않았다. 그냥 혼자서 책을 읽고, 혼자서 작가가 되었으면 좋겠다고 생각했을 뿐이다.

내 말을 듣고 있던 아이가 "아빠!" 하고 불렀다.

"아빠, 자기가 가진 꿈이 반드시 이뤄지는 건 아니지?"

"그럼, 누구나 대통령이 되고 싶다고 해서 다 대통령이 되는 건 아니잖아?"

"그건 그렇지만 화가나 작가는 다르잖아?"

"그건 그래."

"하지만 자기 꿈이 이뤄지지 않으면 참 슬플 것 같애."

"그렇겠지. 그렇지만 최선을 다해도 어쩔 수 없는 경우가 있어. 어쩌면 〈와이키키 브라더스〉에 나오는 할아버지가 그랬는지도 몰라."

"그러면 더 슬프잖아?"

나는 더 이상 대답하지 못했다. 꿈을 이루지 못한다는 건 슬픈 일이다. 그래서 결과보다는 과정이 더 중요하다고 말하는지도 모른다. 그 꿈을 이루기 위해서 최선을 다하는 과정이 아름답다고.

난 멍 때릴 때가 가장 행복해

나는 아이한테 그 이야기를 하면서 꿈을 가지고 사는 사람은 행복한 거라고 말했다. 〈와이키키 브라더스〉에 나오는 할아버지처럼. 비록 그 꿈을 이루지 못한다고 해도, 그것을 이루기 위해서 살아가는 그 과정이 아름다운 것이라고.

내가 그 이야기를 하자 초등학교 교장 선생님인 그도 〈와이키키 브라더스〉를 봤다고 하면서 영화에 나오는 대사가 떠오른다고 했다.

"누가 한 말인지는 모르겠지만 등장인물이 이렇게 말해요. 우리 중에서 지 하고 싶은 일 하고 사는 놈 너밖에 없잖아? 그래, 그렇게 너 하고 싶었던 음악 하면서 사니까, 넌 행복하냐? 뭐 그렇게 물었던 것 같아요. 근데 주인공은 대답하지 않더라고요. 그렇지요. 어떻게 그렇다고 대답하겠어요? 그 사람은 그 나름대로 아픔이 있을 것이고, 생이란 그런 거잖아요? 다만 살아가는 과정이 중요한 거지요. 저도 그 영화 보면서, 내 꿈이 뭐였더라, 하는 생각을 잠시 했어요. 전 원래 아버지 따라서 신발 만드는 기술자, 신발 고치는 기술자가 되고 싶었거든요. 우리 아버지는 헌 구두를 고치는 기술자였는데, 전 그런 아버지가 너무 좋았어요. 다 버려진 헌 구두도 아버지의 손만 거치면 말짱하게 새것이 되어 나오는 그 마법이 너무 좋았는데, 초등학교 때 그런 말을 했다가 아버지한테 혼이 났어요. 다시 한 번만 그런 말을 하면 아주 혼내주겠다고요. 그 눈빛이 워낙 무서워서 그 뒤로는…… 예에, 그래서 선생님이 되었지만, 그렇다고 그 삶을 후회하는 것은 아니지만, 아버지처럼 살았다고 해도 나쁜 삶은 아니었을 것 같다는 생각도 들어요."

그러면서 그는 나를 보고 선생님이야말로 하고 싶은 꿈을 이루었으니 행복하시지요, 하고 물었다. 나는 얼른 대답할 수 없었다. 대신 한참을 뜸들이다가 이렇게 대답했다. 우리 부모님에게 고맙다고. 우리 부모님은 배운 분이 아니어서 그랬는지 몰라도 한 번도 무엇이 되라고 강요한 적이 없었다. 늘 내 선택을 존중해주고, 너를 믿는다고 격려해주었다. 그래서 작가의 꿈을 포기하지 않았는지도 모른다.

난 떡 때릴 때가 가장 행복해

초등학교 4학년 때 장래 희망은 '좋은 어른'

하늘이 어두워지는 걸 보니 비가 내릴 것 같다. 나는 서둘러 마을버스에 올랐다. 버스에는 등산복 차림인 서너 명의 할아버지들이 앉아서 정치 이야기에 열을 올리고 있었다.

마을버스는 고등학교 앞에 멈춰 섰고, 그곳에서 많은 학생이 올라탔다. 그야말로 차가 미어터질 지경이었다. 그 좁은 공간에서도 아이들은 서너 명씩 서로의 얼굴을 마주 보면서 학교에서 있었던 일을 마구 쏟아내고 있었다.

그런데 갑자기 "조용히 해, 이놈들아!" 하고 누군가 소리쳤다. 빨간 모자를 쓴 할아버지였다. 버스에 탄 아이들은 그때까지도 상황 파악이 되지 않았는지 계속 떠들어댔고, 그것 때문에 그 할아버지는 더욱 화가 난 상태였다.

"내 말 안 들려! 조용, 조용하라고!"

말로 해서는 안 되겠다고 판단했는지 할아버지는 자리에서 일어나 발을 마구 굴러댔다. 버스운전사가 당황하면서 속도를 늦추었고, 아이들은 '이게 무슨 일이야?' 하는 식으로 서로 눈빛을 주고받으면서 입을 다물었다. 나도 당황스러워서 고개를 돌리고는 그 할아버지를 훔쳐보았다. 할아버지는 다시금 발을 구르면서 소리쳤다.

"조용, 조용히 하라구! 여기가 너희 안방이야? 도대체 요즘 애들은 공중예절이라는 걸 몰라. 버스를 타면 조용해야 하는 게 당연한 거 아냐? 요즘 학교에서는 도덕을 안 배우나? 이게 뭐야!"

그러면서 당신 앞에 있는 아이들을 하나하나 쳐다보면서 훈계하기 시작했다. 아이들이 고개를 돌리거나 숙이면 직접 손으로 어깨를 흔들어서 눈을 마주치게 한 다음 "그래, 안 그래?" 하고 끝까지 캐물었다.

"생각해봐. 버스 안에서 떠들어대면 다른 손님들이 불편하잖아? 버스란 너희만 타는 게 아냐. 이 차는 너희들이 전세 낸 거 아니잖아! 정말 큰일이야. 나라가 이거 어떻게 굴러가고 있는 건지……. 끌끌, 진짜 개판이야. 청소년 교육이라는 것을 하는지,

진짜 이러다가 나중에는 어른들이 아이들에게 '안녕하십니까, 어린이님들!' 하고 인사하고 다녀야 할지도 몰라."

그분의 이야기는 도무지 끝날 기미가 보이지 않았다. 심지어 버스정류장을 안내하는 방송이 나올 때도 그치지 않았다. 나도 듣기가 싫었는데, 아이들은 어땠을까.

아이들은 자기들만 알아들을 수 있을 정도로 낮게 웅얼거리면서 그 할아버지를 비꼬았다.

"씨바, 저승사자들은 뭐하나? 저런 꼰대들 좀 잡아가지!"

"졸라, 학교에서도 오늘 빡 치는 일만 생기더니……. 아, 돌아 버리겠네!"

그러다가 아파트 앞에 있는 버스정류장에 버스가 멈춰 서자

"야, 내리자! 에이, 씨발 귓구멍에 쓰레기가 가득 찼네!"

한 아이가 이렇게 소리치면서 내렸다. 그러자 다른 아이들도 뭐라 소리치면서 따라 내렸다. 그 말을 들은 할아버지가 "아니, 저, 저, 저놈들이……" 하고는 손을 부들부들 떨면서 일어났다. 그러자 운전수가 "어르신이 참으십시오!" 하고는 차를 출발시켰다.

"저런 버르장머리 없는 놈들! 기사님, 내가 틀린 말 했습니까? 요즘 애들이 저러니, 이 나라는 틀려먹었어요. 요즘 젊은 부모들이 문제예요. 애들을 너무 오냐오냐 하면서 키우니까 저런 거라

고요. 학교 선생님들도 문제고요. 애들 말 안 들으면 옛날처럼 때려서라도 가르쳐야 해요. 그래야 어른이 중요하고, 예절이 중요하고, 공동체 사회가 중요한지 알지요."

그러면서 다시 일장연설을 해대는데 나도 모르게 귀를 몇 번이나 후벼댔다. 진짜 내 귀에 쓰레기가 가득 쌓이는 것만 같았다. 결국 나는 목적지까지 가지 못하고 차에서 내리고야 말았다. 그러고는 어느새 어른이 돼버린 내가 너무도 가볍게 느껴져서 얼마나 발끝에다 힘을 주려고 했는지 모른다.

아이들이 버스 안에서 재잘재잘 떠들어대는 것이 그렇게 거슬렸을까. 아니면 당신들의 목소리가 묻혀버려서 화가 났던 것일까. 솔직히 나도 그분들처럼 늙어갈까 봐 겁이 났다. 학교 앞으로 지나가는 버스라면 날마다 아이들의 하소연을 담아내는 것이 당연하지 않을까.

좀 우스운 일이기는 하지만 나는 초등학교 4학년 땐가 장래 희망을 '좋은 어른'이라고 적어냈었다. 나는 정말 좋은 어른이 되는 게 꿈이었다. 그걸 보고 선생님이 웃어댔을 때도 왜 그러는지 알 수가 없었다. 좋은 어른이 어때서? 나중에서야 알았지만, 아이들 장래 희망에는 '좋은 어른'이라는 말을 적어서는 안 되는 것이었다. 그곳에는 의사, 변호사, 회사원, 군인, 대통령…… 그런 식으로 구체적인 직업을 적어야 했다. 돌이켜보면 나는 참으로 행복한 어린 시절을 보낸 사람이다. 왜냐하면 좋은 어른들이 많았으니까.

어느 해 여름이었다. 그날따라 유독 극성스럽게도 된장잠자리들이 골목골목으로 낮게 낮게 태질하고 다니던 저녁 무렵이었다. 나랑 같이 놀고 있던 친구 윤배가 어머니한테 불려갔다. 남자들처럼 키가 컸던 어머니는 윤배를 한 손으로 잡아채서 마당에다 팽개치고는 무섭게 쏘아댔다.

"이놈의 새끼! 누가 남의 참외밭에 가서 도둑질을 하라고 했나!"

그 목소리는 먼 들판까지 쩌렁쩌렁 울려 퍼졌다. 윤배는 잔뜩 겁을 먹은 채 울먹이면서 그런 적이 없다고 했다. 윤배 어머니는 다시금 다그쳤다. 참외밭 주인이 그렇게 말했는데, 만약 거짓말을 친다면 너 죽고 나 죽고 할 테니까 그리 알라고 으름장을 놓았다.

그래도 윤배는 아니라고 고개를 흔들어댔다. 그쯤 되자 어머니는 비장한 표정으로 윤배를 데리고 참외밭으로 갈 수밖에 없었다. 10여 명의 아이들이 공범자들처럼 겁을 먹은 채 그 뒤를 따라갔다. 냇가 근처에 있는 참외밭으로 가자 어머니가 밭주인을 불렀다. 밀짚모자를 쓴 키가 작은 밭주인이 걸어왔다.

어머니는 그 밭주인에게 목소리를 낮추면서 말했다. 아들은 참외를 훔치지 않았다고 하는데, 참외 훔치는 것을 직접 보았는지 확인하려고 왔다고 말이다. 아, 그러자 밭주인이 얼른 대답하지 못하고는 아내를 불렀다.

역시 키가 땅딸막한 아내가 오더니 상황을 판단하고는 "실은 내가 본 것이 아니라……" 하면서 밭에서 일하는 다른 일꾼들을 불렀다. 그러자 일꾼들이 불려왔는데, 그들도 직접 본 것이 아니라 마을 아무개 사람한테 들었다고 애매하게 말꼬리를 흐렸다.

당연히 마을 아무개 사람도 불려왔는데 자신은 그런 뜻으로 말한 게 아니라 윤배보다 조금 큰 어떤 사람이 참외밭으로 기어가는 것을 멀리서 봤다는 뜻으로 말했을 뿐이라고 했다. 윤배가 또래들 중에서는 키가 컸기 때문에 그냥 생각이 나서 그렇게 말했다는 것이었다.

그러자 윤배 어머니가 참외밭 주인을 보면서 말했다.

"괜히 어린것을 잡았네요!"

윤배 어머니의 목소리가 깊은 동굴에서 울려 나오는 것 같았다.

놀라운 일은 그때부터 일어났다. 밭주인이 윤배한테 다가오더니 "아가, 미안하다. 내가 경솔했다!" 하고 사과했기 때문이다. 그의 아내는 한술 더 떠서 "어른도 가끔은 이런단다. 우리가 잘

못했으니까, 너는 참외가 먹고 싶을 때는 언제든지 이리 와서 따 먹어라. 진짜 그래도 된다!" 하고 말했고, 다른 어른들도 돌아가며 사과하는 풍경이 벌어졌다.

옆에 서 있던 윤배 어머니도 아들의 손을 꼭 잡고는

"윤배야, 엄마야말로 미안하다. 널 믿지 못해서……."

하, 그렇게 사과를 하고는 돌아섰다.

나는 그때 어른들도 잘못할 수 있다는 것을 알았고, 아무리 나이가 많은 어른이라도 아이들에게 함부로 해서는 안 된다는 것도 알았고, 아무리 지체 높은 사람이라고 해도 잘못했다면 아이에게 사과해야 한다는 것을 알았다.

내가 중학교를 졸업할 무렵에는 이런 일도 있었다. 눈이 펑펑 쏟아지던 겨울이었는데, 역시 어머니가 나를 부르더니 큰 소리로 꾸짖었다. 이제 중학교 졸업하고 고등학교에 가야 하니까 차분하게 집에서 공부를 해야지, 왜 밖으로 싸돌아다니면서 술 마시고 담배를 피우냐고! 나는 그런 적이 없다고 했지만 어머니는 절대 믿어주지 않았다. 하도 억울해서 눈물이 나왔다.

어머니는 동네 어른들한테 그런 말을 들었다고, 그것도 구체적으로 아무개 할머니가 그랬노라고 소리쳤다. 나는 참을 수가 없었고, 그 사실을 따지겠다고 뛰쳐나갔다. 펑펑 쏟아지는 눈밭에는 내 맨발이 찍혔고, 놀란 어머니가 쫓아왔지만 막지 못했다.

나는 어머니가 거론한 그 할머니네 마당으로 뛰어들면서 소리쳤다.

"아무개 할매, 나와 보세요! 내가 언제 술 마시고 담배 피우고 그랬냐고요!"

이미 이성을 잃어버린 내 입에서는 욕설까지 섞여서 튀어나오고 있었다. 그러자 마을에서 가장 연세가 많았던 그 할매가 놀라서 방문을 열고 나오더니

"아가, 진정해라! 난 청년들이 술 마시고 놀았던 집 근처에서 널 봤다고 말했을 뿐이다. 근디, 그것 때문에 느그 엄마가 오해해서 그랬다면, 그것도 내가 제대로 말하지 못해서 그런 것이니, 내가 잘못 말을 했구나. 미안하다, 아가······."

그 할매가 눈싸래기 덮여가는 마루 끝에 나와서 나한테 사과를 하자, 그만 무릎이 꺾이면서 '아이고, 나야말로 큰 잘못을 했구나!' 하는 생각이 들었다.

다른 문에서 그 할머니의 아들인 김 씨가 나오고 있었다. 김 씨는 마을에 들어온 소도둑을 두 명이나 잡았을 정도로 강단이 있는 어른이었고, 돌아가신 우리 아버지하고 동갑이었다. 그러니 얼마나 화가 났겠는가. 감히 자식 뻘 되는 어린놈이 늙은 노모한테 욕을 하고 대들었으니 말이다.

나는 울음을 간신히 삼키면서 '오늘 죽었구나!' 하고 그 할매

난 떡 때릴 때가 가장 행복해

한테 고개를 숙였는데, 뜻밖에도 그 강단진 어른이 나를 따뜻하게 안아주는 것이다.

"이놈의 자식, 겁 많고 순한 줄만 알았더니…… 비록 나이 든 어른한테 함부로 욕하고 대든 것은 잘못이지만…… 맞다, 할매도 잘못했응께 너한테 사과해야 쓴다. 자, 너도 사과하고……."

아아아, 나는 그때 차디찬 눈밭에 엎드려서 잘못했다고 사과를 하는데, 그 할매 역시 맨발로 마당으로 내려오시더니,

"아가, 아니다. 내가 잘못한 것이여!"

오히려 내 손을 잡아주었다. 그날 밤 김 씨는 나를 데리고 가게로 가서 술을 따라주었다. 나는 그렇게 해서 술을 배웠다. 그날 술을 한 잔씩 마시면서 얼마나 중얼거렸는지 모른다. 나는 나중에 꼭 이런 어른이 될 거야, 이런 어른이, 하고.

세월이 흘러 어느새 나도 아이들이 꼰대라고 부르는 어른이 돼버렸다. 그런 내 모습을 볼 때마다 당황스럽고 부끄러워진다. 나는 아직까지 한 번도 내가 생각하는 어른이 되었다고 생각해본 적이 없다. 어린 시절 나에게 다가와서 봄바람처럼 어루만져주고 장다리꽃처럼 웃어주었던 어른들. 비록 생은 가난했어도 봄나비처럼 아름다웠던 그분들만큼만 살아간다면, 그건 나름 괜찮은 삶이 될 것 같다.

유감스럽게도 나는 고향을 벗어난 뒤로는, 우리 사회에서 어른이라고 생각하는 사람을 만나보지 못했다. 그러니까 유명하고 훌륭하다는 사람은 많이 보았어도, 어린 시절에 보았던 그런 어른들처럼 존경하고 따르고 싶은 사람을 만나지는 못했다는 뜻이다. 대체로 유명한 사람은 솔직하지 못하고 자신의 잘못을 알아도 사과하지 않는다. 문단에서 어른이라고 평가받는 사람들도 마찬가지다. 그분들의 삶을 조금만 헤집어보아도 얼마나 독선적이고 오만하게 살아왔는지 금방 알 수가 있다. 그런데도 그런 분들이 훌륭하다고 추켜세우고 따라 배우려고 하는 걸 보면, 내가 이상해지고 다른 세상에서 온 것 같은 기분이 든다. 어떤 분들은 교과서에도 오르내리고 수많은 훈장을 받았으며, 그분들의 생가가 거의 성지가 되어갈 정도로 유명해졌지만 나는 그분들이 어른이라고 생각하지는 않는다.

우리 사회는 그렇게 흘러가고 있다. 멘토라는 사람도 차고 넘치고, 훌륭하다는 평판을 받는 사람도 차고 넘치지만 진정 어른이라고 생각하는 사람은 점점 줄어들고 있다. 어린아이한테도 잘못했다고 말할 수 있는 사람, 그 누구한테도 자신의 잘못을 인정할 수 있는 사람, 아이들을 가르치려고 하기보다 그들의 말을 들으려고 하는 사람, 옳은 것은 옳고 틀린 것은 틀렸다고 말할 수 있는 사람. 그런 어른 말이다.

아이들이 가장 행복해하는 시간 '멍 때리고 있을 때'

고 1인 학생 세 명이 나를 찾아왔다. '미래 직업 탐구'라는 과제를 하기 위해서였다. 세 아이는 작가와 프리랜서 같은 직업에 관심이 많다고 했다. 나는 호수가 한눈에 잡혀서 눈맛이 좋은 카페로 아이들을 데리고 갔다. 아이들은 내 말을 녹취하면서 궁금했던 것들을 세세하게 캐물었다. 어떻게 해서 작가가 되었나? 전업 작가라고 들었는데 살기에 어렵지 않나? 수입은 얼마나 되나? 책을 한 권 쓰면 돈을 어느 정도 받는가? 나는 아이들이 질문을 던져올 때마다 녀석들의 눈을 보면서 솔직하게 답을 해주었다.

그렇게 아이들이 준비해온 밑천이 거의 바닥났다고 느껴지는 순간이었다. 별다른 질문도 하지 않고 두 여자아이 틈에서 수줍게 웃기만 하던 남자아이 민준이가 갑자기 상체를 흔들면서 나를 보았다.

"선생님은 저희들처럼 청소년 시기에, 아니 고등학교 시절에, 가장 행복했던 순간이…… 그러니까 어떨 때 가장 행복하다고 생각하셨나요?"

나는 다 식어버린 커피를 마시다가 은연중에 깊은 숨을 내뱉고야 말았다. 그동안 수많은 청소년을 만나왔지만 이런 질문을 던진 아이는 처음이었다.

옆에 있던 두 여자아이도 꼼지락거리던 손놀림을 멈추고는 자신들도 그게 가장 궁금했다는 듯이 나를 쳐다보았다. 약간 당황한 나는 화장실에 다녀와서 이야기하겠다며 자리에서 일어났다. 긴급 피신을 하듯이 화장실에 가서도 그 아이가 던진 질문을 되새김질했다. 그 시절 나한테 행복하다고 느꼈던 시간이 있을까? 그렇게 화장실 거울 속에 드러난 나 자신에게 물어보았지만, 얼른 대답하지 못했다. 나는 다시 아이들이 있는 곳으로 와서 깊은 숨을 내뱉은 다음 당황스럽다고 솔직하게 말했다.

"얘들아, 난 말이야. 청소년기 특히 고등학교 시절이 없었으면 하는 사람이란다. 그 시간들이 통째로 내 삶에서 잘려나갔으면 좋겠어. 그만큼 그 시절이 힘들었고 아픈 세월이었어. 얼마나 힘들었으면 졸업할 때 앨범도 사지 않겠니? 난 담임선생님이 그냥 사서 부쳐주겠다는 것도 거절했어. 선생님이 그러셨어. '왜 앨범을 안 사니? 나중에 너 후회한다. 그것밖에 남는 거 없다' 그러시더라고. 그때도 '전 고등학교 시절의 추억이 없습니다. 잊고 싶습니다' 하고 말하자 더 이상 말씀하시지 않더라고."

세 명의 아이들은 숨소리도 내지 않고 내 말에 집중했다. 자신들이 궁금해하던 질문을 할 때보다 훨씬 더 진지했다.

"난 진짜 고등학교 다닐 때 하루하루가 지옥 같았단다. 학교는 늘 숨이 콱 막혔는데, 그걸 어떻게 참아냈는지 몰라. 솔직히 그런 내가 대단하다고 칭찬해주고 싶어. 그러니 행복했던 순간이 있었겠니? 내겐 탈출구가 한 군데도 없었지. 근데 말이야, 몇 년 전에 나는 우울증으로 신경정신과 치료를 받았는데, 의사가 그러는 거야. '자, 여기 누우세요. 청소년기가 유독 힘들었다고 그러시는데, 아마 그때부터 우울증의 씨앗이 싹을 틔운 것 같습니다. 하지만 그때도 행복했던 순간들이 있을 겁니다. 없다고요? 그래도 조금이라도 좋았던 순간, 편안했던 순간이 반드시 있을 겁니다. 자, 눈을 감고, 손발에 힘을 빼고, 그래도 잠시라도 좋았던 순간들을……'

의사가 그렇게 말하자, 붉은 노을이 떠오르고 내가 강물에 누위 있더구나! 고향 마을은 강촌이라서 우린 물하고 친했단다. 나역시 하루에 절반은 물에서 살았는데, 고등학교 시절에 고향에 가기만 하면 강으로 가서 배영을 하듯이 누워 있었어. 강물에 귀를 담그고 누우면 세상의 모든 소리가 차단되어서 아무런 소리도 안 들려. 그때의 고요함이 지칠 대로 지쳐버린 나를 달래주었어. 난 그대로 누워서 세상 사람들 눈길이 안 닿는 곳으로 흘러가고 싶었어. 학교도 없고, 성적이며, 출세, 좋은 직업, 훌륭한 사람 등 인간들이 치열하게 주고받는 온갖 언어들이 따라올 수 없는 곳으로 사라져버리고 싶었지.”

그러니까 나는 강물에 누워 있을 때가 가장 자유로웠고 편안했다. 그때만큼은 그 누구도 나한테 공부 못한다고, 책을 읽지 못한다고, 꼴등이라고, 손가락질하지 않았다. 나는 마음껏 숨을 쉴 수가 있었고, 이렇게 편한 곳이 있다면 어디라도 가고 싶었다. 어쩌면 내가 강물에 뛰어들어서 자살을 생각했던 것도 그런 이유 때문인지도 모른다.

나는 그런 상상을 하면서 잠깐 잠이 들었는데, 의사는 그런 기억을 떠올리는 내가 참으로 평온해 보였다고 했다. 특히 물하고 가까운 사람은 유독 외로움을 많이 타면서도 예민한 성격이라고 했고, 일상에서 힘들면 그렇게 행복했던 순간들을 떠올리라고 했다. 어쩌면 그런 순간들이 있었기 때문에 그 어려운 시기를

난 멍 때릴 때가 가장 행복해

버텨낼 수 있었을 것이라고 하면서, 어른이 되어 다시 우울증이 드러난 것은 그때처럼 편안하게 의지할 수 있는 강이 없기 때문이라고 진단했다. 즉 나만의 판타지 공간을 마련하라는 뜻이었다. 나는 의사의 말에 수긍하지 않을 수 없었다.

그런 이야기를 세 명의 아이들에게 들려주었다.

"가장 행복했던 순간이 강물에 누워서 잠자듯이 아무것도 하지 않을 때라니, 좀 황당하지? 근데 난 그렇게밖에 말할 수 없어. 너희들은 다르지?"

누구나 자신의 과거를 끄집어내서 말할 때는 그만큼의 무게를 느끼기도 하고 힘이 드는 법이다. 나는 고등학교 시절을 끄집어낼 때마다 내가 아주 높은 곳에 올라가 있는 것처럼 긴장을 하고 식은땀이 흐른다. 30년이 넘도록 시간이 흘렀는데도 그 시절의 시간들이, 지금 내가 겪고 있는 시간들보다 훨씬 더 무겁게 나를 압박한다. 그러니까 아직도 그 시절의 시간으로부터 자유롭지 못하다는 뜻이다. 그만큼 청소년기에 받은 시간의 상처가 크다는 것을 새삼 깨달았고, 어쩌면 그것은 죽기 전에 완벽하게 치유할 수 없는 상처라는 것도 깨달았다. 나는 그런 시절을 거쳤기 때문에 청소년문학을 하는 것이고, 당연히 내 문학에서는 청소년들이 숨 쉴 수 있는 세상이 많으면 좋겠다.

그 이야기까지 하자, 나한테 질문을 던졌던 민준이가 허리를 곧추세웠다.

"아, 선생님도 저랑 똑같군요! 그렇게 강물에 누워서 멍 때리는 순간이 가장 행복했다고 하신 거잖아요? 그치요? 선생님, 저도 그래요. 전 아파트에서 살고, 자연하고 멀리 떨어져 살아서 숲이나 강물이니 이런 것이 주는 편안함은 몰라요. 대신요, 그냥 침대에 누워서 멍 때리고 있을 때요. 아무것도 안 하고, 아무 소리도 안 나게 하고요. 그렇게 멍 때릴 때가 가장 행복해요. 그래서 전 침대에 누워서 멍 때리기를 좋아하는데……."

부모님이, 그중에서도 어머니가 "넌 왜 시도 때도 없이 침대에 누워 아무것도 안 하고 있냐?"며 자꾸 잔소리를 하면서 간섭한다는 것이다.

그래서 그냥 멍 때리고 있는 것이라고 말하면, 왜 아무것도 안 하고 멍 때리느냐고 따져 묻는다고 했다. 그래서 그런 순간이 가장 행복하다고 했더니 펄쩍 뛰면서 말도 안 되는 소리를 한다고 했다면서 민준이는 자신의 얼굴을 문질렀다.

"어떻게 인간이 아무것도 안 하고 그냥 누워 있을 때가 가장 행복할 수 있니? 뇌가 유독 큰 인간은 사회적 동물이라서 무엇인가를 하고 성취했을 때가 가장 행복한 거야. 또는 뭔가 맛있는 것을 먹었을 때, 또는 어디 근사한 곳에 여행을 갔을 때…… 뭐 그런 식으로 뭔가를 성취하고 느꼈을 때, 그게 행복한 것이지.

난 멍 때릴 때가 가장 행복해

아무것도 안 하고 그냥 누워 있는데, 그걸 행복하다고 하는 것은 잘못된 거야. 안 그래? 한 번 엄마한테 논리적으로 설명해봐."

민준이 어머니는 그런 식으로 말하는 모양이다. 민준이는 다시 곧추세운 허리를 흔들어댔다.

"선생님, 그걸 제가 어떻게 설명합니까? 그래서 전 그냥 이렇게 말했어요. 물론 맛있는 거 먹을 때도 좋고, 어디 여행 갔을 때도 좋지만, 그냥 집에서 멍 때릴 때가 가장 행복하다고요. 학교며 학원, 친구, 뭐, 뭐…… 다 잊고 그냥 무의식 상태로 있을 때, 그때가 좋다고요. 근데 엄마는 이해할 수 없다면서 저한테 맛있는 거 자주 먹자고 하고, 자주 어디 여행 가자고 하고, 힘들면 공부 많이 안 해도 된다고 하시고…… 근데 전 그냥 멍 때리게 가만 놔뒀으면 좋겠는데, 그런 꼴을 못 보니, 언제부턴가 집에 들어가기가 싫어지고, 가족 여행도 싫어지고…… 근데 가족 여행은 힐링이 아니잖아요? 역시 부모님이랑 마주쳐야 하고, 그렇다면 일상이거든요. 저는 그런 일상하고 먼, 일상에서 벗어나서 혼자 있고 싶은 거죠. 그게 안 되니까 그냥 멍 때리는 거구요. 청소년이라는 게 어디 혼자 맘대로 갈 수도 없잖아요? 우린 자유인이 아니더라고요. 자유민주주의 사회에서 살지만 우린 어디 맘대로 못 가요. 반드시 부모의 동의가…… 그래서 멍 때린다고요……."

민준이는 거기까지 말하고는 화장실에 가겠다면서 일어났다.

그런 아이의 뒷모습에는 앞모습보다 더 많은 표정이 숨어 있는 것 같았다.

가장 주도적으로 질문을 많이 하던 숨이가 천천히 말을 끄집어냈다.

"선생님, 저도 비슷해요. 전 그냥 잠잘 때가 제일 행복해요. 물론 맛있는 거 먹고, 제가 좋아하는 노래 부르고, 제가 좋아하는 남친이랑 만나거나 좋아하는 친구들이랑 수다 떨 때도 좋지만, 그럴 때도 전 은연중에 긴장하고 있는 것 같아요. 근데 잠잘 때는 그 누구의 눈치도 안 보고 그냥 자잖아요? 전 그때가…… 근데 엄마는 그런 저를 볼 때마다 '넌 맨날 자니? 어휴, 그럴 시간 있으면 책 좀 읽어라!' 하시지요. 제가 그냥 쉬는 거라고 하면, 잠은 밤에 자면 충분한데 왜 그렇게 침대에 누워 있냐고 하세요. 침대는 저만의 세상이라고 생각하는데…… 그랬으면 좋겠어요. 집에 와서 침대에 누우면 다른 세상, 판타지 세상이었으면 좋겠어요. 엄마 아빠도 모르는 곳, 아무런 소리도 안 들리는 곳, 저만의 세상이요. 우리에게 우리만의 세상이 없잖아요? 학교는 아시잖아요, 어떤 곳인지. 학원도 그렇고…… 근데 집에 와서도 맘대로 쉬지 못하니……."

나는 부모이기 때문에 침대에 누워만 있는 아이들을 향해서 잔소리를 늘어놓을 수밖에 없는 엄마의 마음도 잘 알았다. 그래도 이 순간만큼은 아이들 편이 되어야 하고, 아이들을 지지해줘야만 한다.

나는 고등학교 시절에 나만 유독 힘들어하는 줄 알았다. 그런데 훗날 그 시절을 같이 다녔던 친구들을 만나보니 정도의 차이는 있지만 다들 나만큼이나 힘들어했다는 사실을 알았다.

그건 요즘 아이들도 마찬가지다. 역시 정도의 차이는 있지만 어느 시대에나 청소년의 삶은 고달프다. 심지어 조선시대 청소년들은 요즘 아이들보다 더 힘들었다. 그들 역시 과거시험에 대한 스트레스로 집을 뛰쳐나가기도 하고, 과거에 계속 낙방하면 아예 부모가 자식을 집에서 쫓아내는 일이 비일비재했으며, 그런 스트레스를 많이 받은 사람은 자살을 하기도 했다.

그러니 어느 시절에나 청소년에게는 자기들만의 판타지 세상이 있어야 한다. 나에게는 고향에 있는 강물이 나만의 판타지 세상이었다. 나는 온몸이 경직되어 오그라들 때마다 그곳에 가서 누워 있거나 강변을 돌아다니면서 나를 달래고 다시 돌아왔다. 어쩌면 요즘 아이들에게는 침대라는 공간이 또는 아무것도 하지 않고 '멍 때리고 있는 그 순간'이 그들에게는 판타지 세상일지도 모른다. 그런 세상을 우리 어른들이 못 본 척 인정해주었으면 좋겠다.

내 생애 가장
아름다운 선택

　시내에 있는 카페에서 지현이랑 만났다. 지현이는 중학교 3학
년 때 '진로탐방'이라는 과제를 하기 위해서 우리 집을 찾아온
것이 인연이 되었다.

　지현이는 자신의 미래를 위해서 씩씩하게 고민하는 아이였
다. 비교적 공부도 잘하는 편이었다. 그래서 지현이가 문창과에
지망하겠다고 하자 부모님이 반대를 했고, 그것 때문에 갈등이
심했다. 지현이 아버지는 대기업에 다니고 있었고, 어머니는 초
등학교 선생님이었다. 지현이 어머니는 딸에게 학교 선생이 될
것을 강하게 권유했다. 결국 지현이는 문창과를 포기하고 영문

　　　　　　　　　　　　　　　난 펑 때릴 때가 가장 행복해

과를 선택했는데, 거기에 가면 문학도 할 수 있고 부모님도 반대하지 않을 거라는 생각 때문이었다. 그렇게 지현이는 영문과를 다녔다.

지현이는 휴학 한 번 하지 않고 단숨에 4년이라는 시간을 달려서 졸업하고는 출판사에 취업했다. 나는 좋은 책을 만들고 싶어 하는 지현의 선택을 지지해주었고, 아무리 출판업이 불황이라고 해도 그 직업은 영원히 존재하기 때문에 충실하게 일을 배우면 미래에도 괜찮을 것이라고 희망 섞인 격려도 해주었다.

지현이는 나를 보고 명랑하게 말했지만 표정이 밝지는 않았다. 나는 지현이가 속엣말을 끄집어낼 때까지 기다렸다. 지현이가 나를 보자고 했을 때는 분명 특별한 이유가 있을 것이다. 우리 관계는 그런 사이였다. 지현이는 내 충실한 독자였는데, 가끔씩 힘들거나 외로울 때마다 자신의 속마음을 털어놓는 '나의 라임오렌지나무' 같은 존재라고 말하기도 했고, 또 가끔은 자신의 멘토가 돼달라고 말하기도 했다. 나는 멘토보다는 '라임오렌지나무' 같은 존재로 남고 싶다고 했다.

지현이는 밖에 나가서 누군가랑 통화를 하고 와서야 본론을 끄집어냈다. 사표를 냈다고 했다. 벌써 출판사에 취업한 지 2년째라고 하면서 불확실한 직장의 미래 때문에 고민이 많았던 모양이다.

나는 충분히 이해할 수 있었다. 출판업은 몇 년 전부터 "올해가 최악이랍니다!" 하는 말이 나왔는데, 해가 가고 또 다른 해가 와도 그 말은 사라지지 않았다. 그러니 그곳에서 일하는 편집자들이 얼마나 힘들어하겠는가. 나는 지현이에게 스트레스가 많았구나, 하고 물었다.

지현이는 고개를 살랑살랑 흔들었다.

"꼭 그런 건 아니에요. 이제 2년밖에 되지 않아서 아직은 책 만드는 재미까지는 모르겠지만 그래도 나쁘진 않아요. 근데 이게 나한테 맞는 일인가, 그런 생각이 계속 들고……."

지현이는 입학하자마자 영문과는 작가 지망생들이 오는 곳이 아니라는 것을 알게 되었다. 물론 영미문학을 공부하기 때문에 전혀 관련이 없다고 할 수야 없겠지만 지현이가 예상했던 공부하고는 거리가 멀었다. 그래서 지현이는 부전공으로 국문과 수업도 몇 개 들었지만 그것 역시 별 도움을 받지 못했다. 학교에 문창과가 있었으면 좋았을 텐데, 지현이가 다니는 학교에는 없었다. 결국 지현이는 혼자 문학공부를 하면서 소설을 썼다. 여기저기 공모전에 도전도 했다. 결과는 늘 좌절이었다. 지현이는 4학년 때 냉정하게 고민했고, 마침 잘 아는 선배가 권유를 하자 출판사에 취업을 해버린 것이다.

"그땐 단순하게 생각했어요. 책을 아주 좋아하니까, 작가가 되지 못해도 책 만드는 일도 괜찮을 거야, 하고요. 부모님도 반대하지 않더라고요. 다른 친구들처럼 빡세게 취업공부 하지 않아도 되고요. 근데 시간이 지나면 지날수록 제가 붕 떠 있는 것 같고요. 이게 맞나? 이렇게 사는 게 맞나? 확신도 없고요. 사실 출판사는 월급도 박하고, 근무 조건도 열악하잖아요? 무엇보다도 늘 쫓기는 생활이었어요. 꼭 대기업 다니는 것처럼 바빠서요. 제가 만든 책이 잘 팔리지 않으니까 재미도 없고요. 그러면서 내가 왜 이러고 있지? 그런 생각하다 보니 자꾸 우울해지고, 그래서 부모님이랑 이야기했더니, 이제라도 늦지 않았다고 다시 공부하래요."

결국 지현이는 부모님의 뜻대로 다시 대학입시를 준비하기로 했는데, 그녀가 택한 최종 목적지는 교대였다. 이제 와서 생각해 보니, 교사가 얼마나 편한 직업인지 인정할 수밖에 없었다. 방학만 되면 자유롭게 세계를 누비는 엄마를 보니, 늦은 감은 있지만 이제라도 그렇게 해서 확실하게 미래를 준비하는 것이 현명하다고 판단한 것이었다. 그러니까 아이들을 잘 가르치고 싶어서 교대를 택한 게 아니라 엄마처럼 안정적이고 시간 많은 공무원이 되기 위해서 새로운 길을 모색하는 셈이다.

나는 그런 지현이한테 아무런 말도 할 수가 없었다. 지현이를 알게 된 이후로 가장 할 말이 없었다. 그런데 지현이는 왜 나를 만나고 싶어 했을까. 이미 새로운 삶에 대한 결정을 다 해놓고 말이다.

"선생님, 근데 왜 이렇게 마음이 무거운지 모르겠어요. 분명 엄마처럼 살고 싶은 욕망이 강하거든요. 근데 한편으로는, 작가가 되고 싶은…… 그것도 남아 있나 봐요. 친구들은 그럼 포기하지 않고 해보면 되지 하고 말하지만, 자신이 없어요. 솔직히 공부해서 교대에 가는 것도 쉬운 건 아닌데, 그게 작가가 되는 것보다는 더 쉬울 것 같아요. 그래서 그걸 하려고 하는 것도 있어요."

우리 사회에서 교대라는 곳은 공부를 가장 잘하는 아이들만이 선택할 수 있다. 고등학교 시절의 지현이라면 나름대로 공부를 잘했으니까 해볼 만하다고 할 수 있겠지만 지금은 그럴 수 있는 나이가 아니다. 그런데 머리가 팽글팽글 잘 돌아가는 현직 고등학생들하고 경쟁해야 하니 얼마나 힘들겠는가. 작가가 되는 것도 마찬가지다. 보통 공모전 심사를 해보면 수십 수백 명의 경쟁자들이 몰린다. 그러니까 웬만한 공모전의 경쟁률은 최소 50 : 1을 훌쩍 넘어서니, 어쩌면 교대에 가는 것보다 더 힘들 수도 있다.

지현이는 영문과에 간 것을 후회한다고 했다. 그거야말로 부모님이랑 적당히 타협한 결과물인데, 자신에게는 최악의 선택

난 멍 때릴 때가 가장 행복해

이었다고 한숨을 내뱉었다.

지현이는 다 자신의 잘못이라고 자책했다. 영문과 역시 자신이 먼저 부모님과 타협하기 위해서 제시한 방법이기 때문에, 그곳에 가서도 열심히 공부했어야 하는데 그러지 못한 모양이다. 그래서 지현이는 문창과에 가지 못한 것을 은근히 후회하고 있었다.

"물론 그곳에 갔더라도 제가 작가가 되었을지, 그건 보장 못하지만…… 그래도, 그래도, 뭔가 제대로 해봤다는 아쉬움이라도 없을 텐데……. 부모님 뜻을 못 이긴 게 아니라 실은 제 자신이 용기가 없었던 거죠. 그게 가장 아쉬워요."

나는 그제야 지현이의 속마음을 알 것 같았다.

"지나간 것은 다 지나간 거야. 그걸 다시 들먹이진 말자. 넌 아직도 젊어. 올해 몇 살이지? 스물여섯 살? 뭐 학교를 일찍 가서 스물다섯이라고? 에이, 그걸 늦었다고 할 수 있니?"

"그렇게 말씀하실 줄 알았어요. 저도 나이 때문은 아니고요. 자신이 없어요."

"넌 제대로 한 번도 부딪혀보지 않았다고 말했잖아? 방금 네 스스로……."

"그렇지민…… 전, 자신이 없어요."

나 역시 자신감이 없는 사람이었다. 고등학교 때 나는 우연히 내가 글 쓰는 걸 좋아한다는 사실을 알았다. 그러나 나는 학교생활에 적응하지 못했고 성적은 바닥이었다. 그때 문학이 찾아왔다. 글을 쓰면 편안했고, 학교에서 받은 스트레스를 풀 수 있었다. 그래서 작가의 꿈을 꿨다. 그렇다고 타인에게서 글을 잘 쓴다는 인정을 받은 것도 아니었다. 대학에 가서도 나는 글로 인정받지 못했다. 그래서 나도 대학을 졸업한 뒤에 작가의 꿈을 포기하고 취업했다.

"너랑 똑같구나! 그때가 스물아홉 살인가 그랬지. 근데 갑자기 그런 생각이 들었어. 이렇게 사는 게 맞나? 내 생애 가장 힘든 시기를 책 때문에, 문학 때문에 무사히 지나갔는데, 그 꿈을 버리는 게 맞나? 난 서른의 문턱에서 얼마나 허망하게 살아왔는지를 알았단다. 내 영혼을 지켜준 내 몸에게 미안했어. 난, 난 말이야…… 공부도 제대로 해본 적이 없고, 제대로 놀아보지도 못했고, 운동도 못하고, 악기 하나 못 다루고, 여자를 많이 꼬셔보지도 못했고, 어딜 많이 다녀보지도 못했고…… 뭐 하나 제대로 한 것 없이 그저 어정쩡하니, 이것도 저것도 아닌 맹물처럼 살아온 내 몸이 불쌍하고 미안했어. 그게 나를 믿지 못한 결과야. 그러니 자신이 없지. 난 그때 선택했어. 앞으로 10년만 나를 위해서 살아보자. 작가가 될 수 있도록 10년만 몸부림쳐 보자. 그러고 나면 설령 작가가 못 되어도 후회도 없고, 다른 길을 가도 잘 살 것 같았어. 나를 믿자고 날마다 내 자신에게 말했어. 그래서 나도 사표를 던졌지."

내 생애 가장 아름다운 선택이었다. 다시 그 시절로 돌아가도 나는 똑같은 선택을 할 것이다. 그래서 아이들에게도 비슷한 말을 한다. 나는 직장을 그만둔 뒤 작가가 되기 위해서 나름대로 노력했다. 막노동을 해 가장 좋은 사진기를 준비한 다음 전국을 돌아다니면서 우리말을 채록하기 시작했다. 그랬더니 3년 만에 작가가 되어 있었다. 우리말을 채록하다 보니 은연중에 내 몸속으로 우리 고유의 언어들이 들어왔고, 나는 그런 언어를 이용해 글을 써서 작가가 된 셈이다.

"지현아, 넌 작가가 되기 위해서 죽어라고 노력해봤니? 그랬다고 생각해? 아니지? 그래 놓고 자신감 운운하면 되니? 그렇다고 내가 평생 작가가 되기 위해서 살아가라는 말은 안 해. 다만 그래도 네가 납득할 수 있는 시간을 정해놓고 죽어라고 해봐. 한 5년도 좋고, 3년도 좋아. 나처럼 10년도 좋고, 그건 네 맘이야. 다만 그렇게 시간을 정해놓고, 그 시간 동안 죽어라고 한 번 노력해봐. 여기저기 다니면서 배우기도 하고, 부딪히고, 습작하고…… 그 뒷일은 운명에 맡기는 거야. 난 아이들에게 늘 그렇게 말해. 자기 꿈을 향해 가는데 그 정도 열정은 있어야지. 난 성공이라는 말은 안 써. 그건 내가 제일 싫어하는 말이야. 대체 성공이 뭐야? 그 기준이? 돈? 명예? 그래서 성공했다는 사람들을 보면 교수나 의사 또는 정치하는 이들이 많은데…… 난 그렇게 안 봐. 난 자신이 하고 싶은 일을 하는 사람이 가장 성공했다고 생각해. 그건 틀리지 않을 거야."

나는 지현이한테 네 자신을 믿었으면 좋겠다고 말했다. 그래야 자신감이 찾아온다는 말도 덧붙였다.

"지현아, 난 서른의 문턱에서 '나를 지지했어.' 진심으로 나를 믿고, 위로해주고, 고맙다고. 못난 정신을 만나서 육신인 네가 너무 고생했구나. 미안해, 미안해, 미안해 하구."

어쩌면 그 아이는
칭찬이 처음이었는지 몰라

오랜만에 만난 친구랑 점심을 먹고 나왔다. 우리는 버릇처럼 마스크를 쓰다가 서로의 눈을 보고는 씁쓸하게 웃어버렸다. 그래, 우리는 언제부턴지 미세먼지 포자로 뒤덮인 하늘을 보고도 아무렇지 않은 척 살아가는 데 익숙해져 있었다. 그것이 이 순간만큼은 부끄러웠다. 나는 건너편 찻집을 손가락질하다가 마침 파란 신호등이 들어오자 횡단보도로 걸어갔다.

그렇게 횡단보도 가운데쯤 갔을 때였다. 뒤따라오던 친구가 내 어깨를 툭 치면서 누가 부른다고 했다. 나는 멈칫하면서 뒤돌아보다가 "이상권 작가님!" 하는 메아리 같은 소리를 들었다.

"어, 광석이구나!"

반대편으로 거의 다 건너가 있던 광석이가 엉거주춤 인사를 하는데, 여전히 깡말라서 유독 뾰족해 보이는 얼굴이 마음에 걸렸다.

나도 모르게 손을 흔들었다. 광석이는 어느새 내가 있는 쪽으로 달려왔다. 나는 "잘 지내지?" 하고 물으면서도 깜박거리는 신호등을 보면서 그를 잡아끌고 급하게 걸었다.

광석이는 횡단보도 끝에 와서야 "네에" 하고 대답해주었다. 중3이라고 하기에는 광석이의 체구는 너무 왜소했다. 저 작은 아이가 자기보다 큰 아이들을 벌벌 떨게 한다는 사실이 새삼 믿어지지 않았다.

그렇다. 광석이는 문제아다. 어떤 사람들은 광석이가 악마라고 했고, 어떤 사람들은 광석이 같은 아이들은 따로 격리시켜야 한다고 했다. 그러니까 이 근처에 사는 아이들은 광석이라는 이름만 들어도 저절로 긴장이 되었고, 심지어 어른들도 그 아이의 이름을 들으면 은연중에 눈이 찌푸려졌다.

광석이는 작은 애완동물처럼 나만 바라보았다. 누군가 살짝 밀치기만 해도 그의 몸은 중심을 잃고 넘어져서 접시처럼 산산조각으로 깨져버릴 것만 같았다. 평소라면 늘 긴장하고 있어서 마치 등에도 눈이 달린 것처럼 누군가 다가오는 것도 알아내고,

난 떡 때릴 때가 가장 행복해

서너 명의 건장한 아이들이 싸움을 걸어와도 당황하지 않고 상대의 빈틈을 탐지해내는 예리한 눈을 굴리면서 다시금 이놈이랑 싸우고 싶지 않다는 생각이 진저리치게 타오를 정도로 무섭게 달려들어서 치고 물어뜯는 그 야성의 흔적도 보이지 않았다. 그는 작은 나무 같았다. 온몸을 철조망 같은 가시로 중무장한 작은 돌멩이 같은 아이가 아니라, 그냥 바람에 흔들리고 눈이 오면 하얗게 눈을 뒤집어쓴 채로 살아가는 작은 나무 같은 아이.

나는 그런 생각을 하면서 광석이의 어깨를 토닥여주었다.

"광석아, 재밌게 지내라."

간신히 그렇게 말했다.

다시 파란 신호등이 들어왔다.

광석이는 흘깃 나를 보면서 "고맙습니다!" 하고 폴짝 뛰듯이 인사한 다음 반대편으로 걸어갔다. 어느새 파란 신호가 급하게 깜박거렸다. 나는 그 신호를 정지시켜주고 싶었다. 정지선 앞에 잔뜩 웅크리고 있던 차들이 "저놈은 나쁜 아이야! 저놈은 혼내주어야 해!" 하고 달려들 것만 같아서 어서 가라고 몇 번이나 손짓했는지 모른다. 그때마다 광석이는 한껏 웃으면서 계속 인사를 했다.

찻집에 앉자마자 친구는 그 아이가 누구냐고 물었다.

"명색이 내가 선생 아닌가? 근데도 나는 길거리에서 학생들한테 그런 인사 못 받아. 어쩌면 그렇게 깍듯이 인사를 하고, 대답을 하면서 고마운 표정을 짓냐?"

"허허허, 그런 게 느껴지는 모양이지?"

나는 거의 옹알이하듯이 낮게 웅얼거렸다. 친구는 그런 나를 보고는 "허허이!" 하고 웃더니 광석이가 사라진 쪽을 다시금 훑어보고는 고개를 끄덕였다.

"사실 난 저놈한테 해준 게 없어. 2년 전 초등학교와 중학생들을 대상으로 하는 어느 청소년 인문학 캠프에 생태강사로 초대받아 가서 저놈을 알았다네. 주최 측에서 저놈이 문제라고 알려주면서 조금이라도 틈을 주면 낭패를 볼 것이니, 절대 틈을 주지 말고 잘 대처하라고 하더라고."

내 말이 끝나기도 전에 친구는 고개를 끄덕이면서 역시 혼잣말에 가깝게 목소리를 내놓았다.

"그래그래, 그런 애들이 있어."

친구는 무거운 가방을 짊어진 채 창밖으로 스쳐가는 아이들을 보면서 애써 웃었다. 나는 그런 친구의 얼굴을 보면서 거의 30년 가까이 중학생들을 가르쳐온 한 선생님의 지친 눈빛을 읽을 수 있었다.

친구가 어서 광석이에 대한 말 좀 해보라고 재촉했다.

그렇게 어느 인문학 캠프에서 광석이를 보았는데, 처음에는 녀석이 하도 작아서 초등학생인 줄 알았다. 광석이는 또래들 중에서 가장 작았다. 어쩌면 깡말라서 더 작아 보였는지도 모른다. 목소리도 크지 않았다. 자유롭게 자란 곱슬머리가 다소 길어서 뒷모습만 보면 꼭 여자아이로 착각할 수도 있었다.

나는 그렇게 작은 문제아를 본 적이 없었다. 그래서 주최 측 담당자에게 대체 무슨 근거로 저 아이를 문제아라고 하냐고 조심스럽게 물음표를 던졌다. 담당자는 그런 질문을 예측했다는 표정으로 나를 보았는데, 최대한 심각해 보이는 표정을 지으려고 했다. 하마터면 나는 웃어버릴 뻔했다. 그만큼 그의 표정이 억지스러웠기 때문이다.

작년에도 광석이가 이 캠프에 참여했다고 했다. 광석이는 얼핏 보고는 그 내면을 알 수 없는 아이다. 어른들이 보기에는 거의 존재감이 없어 보일 정도로 눈에 띄지 않지만, 아이들에게는 저 작은 육체가 공룡으로 보일 정도로 크게 보이는 존재라고 했다. 그 극단의 현상을 말로서는 설명할 길이 없다고 하면서 작년에 벌어진 일들을 하나씩 나열하기 시작했다.

"밤이 되면 광석이는 달라져요. 이상하게도 아이들이 광석이 옆으로 마치 자석처럼 모여들고, 그러면 광석이는 기다렸다는 듯이 온갖 음모를 꾸미는데…… 강의실 벽이란 벽에다 온갖 음담패설 같은 낙서를 휘갈기는 것을 시작으로, 심지어 여자아이들 샤워하는 것까지 엿보기도 하고, 자기 무리에 들지 않는 아이들을 하나하나 불러다가 해코지하고요. 당연히 싸움도 벌어지지요. 근데 저 작은 아이를 그 누구도 못 이겨요. 상대는 아예 절단이 납니다. 옛날 아이들 싸움처럼 코피 정도가 아닙니다. 한 번 싸웠다면 열 바늘 이상을 꿰맬 정도로…… 어쩌면 어린아이가 그렇게 잔인할 수 있을까 할 정도로…… 그래서 올해는 광석이를 절대 안 받으려고 했지요. 하지만 광석이 부모님이 간절하게 부탁하고, 광석이도 오고 싶어 해서 받았지만…… 솔직히 무슨 일이 터질지 걱정됩니다. 그래서 대학생 보조교사를 따로 두고, 광석이만 전담하기로 했지만……."

그러니까 광석이는 학교와 어른들이 다 포기한 아이였다. 솔직히 나는 그 말을 듣고 웃어버렸다. 전과 10범이나 20범도 사회에 나오면 다시 새로운 꿈을 가지고 살아간다고 하는데, 이제 고작 10여 년 살아온 아이를 두고 이 사회가 다 포기한 것처럼 말을 하다니!

주최 측 담당자는 광석이가 벌써 열 번도 넘게 전학을 다녔다고 했고, 녀석의 부모님은 수십 번 또는 수백 번 학부모들 앞에 불려가서 무릎을 꿇고 빌었다고 했다. 그만큼 문제라는 뜻이다.

그런 말을 들어서 그런지 나 역시 은연중에 녀석을 경계하기 시작했고, 그런 내 자신이 어처구니없어서 화가 나기도 했다.

광석이는 내 강의 때는 큰 말썽을 부리지 않았다. 숲 속을 돌아다닐 때도 고분고분했으며, 오히려 떠드는 아이들을 조용히 하라고 채근하는 범생이 태도를 보이기도 했다. 그럴수록 주최 측은 긴장했다. 광석이만을 전담하는 젊은 보조교사는 화장실에 갈 때도 떨어지지 않았다. 아예 광석이가 다른 생각을 할 기회를 사전에 차단하겠다는 뜻이었다.

주최 측 관계자들은 조를 짜서 광석이가 자는 방 앞에서 보초를 섰다.

나는 새벽 2시가 넘도록 밖에서 별을 보다가 숙소로 들어와서 눈을 붙였다. 짧은 단편영화 같은 꿈 한 편이 상영되었다. 어린 시절 내가 누군가랑 싸우는 꿈이었다. 나는 그 꿈을 끝까지 보지 못하고 눈을 떴다. 누군가 밖에서 요란하게 소리를 질렀기 때문이다. 갑자기 지진이라도 난 것 같았다. 그만큼 바깥이 소란스러웠다.

"자, 나오지 말고, 모두 숙소로 들어가! 어서!"

누군가 그렇게 소리쳤다. 놀라서 뛰쳐나온 아이들이 숙소로 쫓겨 들어가고 있었고, 어디선가 욕설이 섞인 목소리가 내 고막을 파고들었다.

"그 새끼, 그러니까…… 그 새끼를 받지 말았어야 한다니까요!"

아, 그제야 광석이가 떠올랐다. 정신이 번쩍 들었다. 나는 부랴부랴 밖으로 뛰쳐나갔다. 몇몇 어른들이 숙소 뒤쪽에 있는 숲으로 뛰어가고 있었다.

"아니, 분명히 그 방에 있었는데, 어떻게 탈출을 했지. 다른 아이들까지 10여 명 끌고 가서 숲에서 불을 피워놓고 놀 생각을 어떻게 하지. 난 이해가 안 돼! 역시 그놈은 구제불능이야!"

어떤 선생님이 누군가와 통화를 한 다음 마구 소리치면서 고개를 흔들어댔다. 잣나무들이 서로 어깨를 맞대고 살아가는 아늑한 숲 속이었다.

광석이 일행은 숲에서 불을 피우고 놀다가 발각이 된 것이다. 주최 측에서는 자칫 산불로 번질 수도 있었다고 호들갑스럽게 떠들면서 마치 암행어사 출두한 이몽룡 앞으로 끌려나온 변사또처럼 광석이를 죄인 취급했다.

광석이는 그곳이 불에 안전하다는 판단을 했다고 했다. 그 말은 나름대로 일리가 있었다. 그곳은 개울가였고, 바닥에는 자갈과 바위뿐이었다. 게다가 피운 불도 그 규모가 작아서 아이들이 몇 번만 발로 밟아버려도 꺼져버릴 정도였다. 아이들은 불이 위험하다는 것을 알았기에 모래를 깊게 파내고 돌멩이로 동그랗게 울타리를 막은 다음 그 안에다 불을 피웠다. 광석이는 근처에

물이 있어서 여차하면 쉽게 끌 수 있었다고 항변했다.

　그렇다고는 해도 20여 미터 앞이 잣나무 숲인지라 산불 위험이 있다는 어른들의 말도 일리가 있었다. 불은 언제 어디로 튈지 알 수 없다. 그러니 주최 측에서는 광석이가 얼마나 무모하고 위험천만한 짓을 했는지 인정하라고 했고, 내일 부모님을 불러 당장 귀가시키겠다고 으름장을 놓았다.

　"진짜 난리가 났어. 거기 모인 모든 어른이 그 아이를 보고 혼내고, 산불로 번졌으면 너희 부모님이 감옥에 간다는 둥, 엄청난 벌금을 물어야 한다는 둥, 어쩌면 소년원에 갈지도 모른다는 둥, 온갖 협박까지 하면서 광석이를 몰아붙였어. 근데 나까지 그럴 수 없잖아? 내가 보기에 아이들의 행동은 잘못된 게 맞지만…… 함부로 불을 피우지 않았다는 것을 알 수 있었어. 꼼꼼하게 주위를 살피고, 불이 다른 곳으로 옮겨 붙지 않을 곳을 찾아서, 여러 가지 대비를 하고. 그런 다음 불을 피운 거야. 그래도 내가 그런 말을 할 수 없잖아? 난 아무런 말도 안 했지. 그담 날, 관계자들은 길게 회의를 했고, 결국 다시 한 번 광석이한테 기회를 주기로 했어. 그러자 난 광석이를 은밀하게 불렀어. 그리고 어깨를 토닥여주면서 말했지.

　'광석아, 너 제법 불 피우는 법을 알더라!'

　난 딱 그 말밖에 안 했어. 주최하는 선생님들이 들었다면 나한

15

테 무책임한 사람이라고 할 수도 있겠지만 난 그렇게 말해주고 싶었어. 그 아이가 너무 힘들어 보여서. 안쓰럽고, 뭐 해줄 것도 없고, 그래서. 근데 그 뒤로 녀석이 전혀 말썽을 안 부리고 캠프를 마쳤으며, 이렇게 마주치기만 하면 저렇게 반갑게 인사하고, 늘 고마워하는 거야. 그리고 더 놀라운 것은, 광석이가 고등학교에 가면 그 캠프에 보조교사로 참여하고 싶다는 뜻을 보였다는 거야. 보조교사란 자기 같은 문제아들을 담당하는 선생님이거든. 그렇다면 이제 걱정할 거 없잖아. 안 그런가?"

친구는 다시 고개를 끄덕끄덕하면서 나를 보았다. 그러고는 혼잣말에 가깝게 "어쩌면, 어쩌면 말이야, 그 아이는 자네의 칭찬이 처음이었을지도 몰라……" 하고 읊조렸다.

난 떡 때릴 때가 가장 행복해

어른들이
문제아를 만들어내는구나!

　한동네에서 가깝게 지내던 지인 홍우 아빠랑 멀리 문상을 다녀오다가 휴게소에 들렀다. 나보다 대여섯 살이나 선배인 홍우 아빠는 대기업에다 몸 바쳤다가 불혹 즈음에서 정리해고를 당한 뒤 우여곡절 끝에 간신히 중소기업 하나를 맡아서 월급사장 노릇을 하고 있었다. 대한민국에서 중소기업으로 살아남기 위해서는 대기업이 낚싯밥처럼 던져주는 영양가 없는 일감들을 기를 쓰고 받아내야만 하는데, 그런 하루하루가 너무나도 소모적이고 자존감이 상해서 하루에도 몇 번씩 때려치우고 싶다는 말을 되풀이하던 그가, 화장실에 다녀오더니 어서 올라가봐야겠다고 서둘렀다.

"지금 마누라한테 전화가 왔는데, 우리 홍우가 사고 친 모양입니다."

그는 딸만 둘을 두었는데, 늦깎이 결혼을 한 터라 큰딸이 이제 중2였다. 비교적 공부도 잘하는 편이었고, 친구관계도 원만해서 아직까지 부모의 속을 썩인 적은 한 번도 없었다.

"홍우가 편의점에서 뭘 훔치다가……."

나는 더 이상 뒷이야기를 듣지 않아도 무슨 일이 벌어졌는지 다 그려낼 수 있었다. 그는 차를 운전하면서 혹시 청소년기에 무엇인가를 훔쳐본 일이 있냐고 물었다.

"사실 전 그런 경험이 없어요. 우리 때에도 슈퍼 같은 데 가서 뭘 훔치는 애들이 있었는데, 참 묘하게도 그게 나쁜 짓이라고 생각하면서도 막상 돌아서면 그걸 훔치는 아이가 순간적으로 부럽기도 하더라고요."

나는 그런 기분을 충분히 이해할 수 있었다. 훔친다는 것, 도둑질이라는 것이 나쁘다는 사실을 모르는 아이는 없다. 그런데도 그 나이 때는 그런 이탈을 해보고 싶어 한다. 뭔가 해서는 안된다는 경계를 넘어설 때의 불안과 공포 때문에 대부분은 포기하지만, 그걸 넘어서 본 아이들은 짜릿한 쾌감을 맛본다. 그래서 아이들이 무엇인가를 훔친 행위를 단순히 '나쁘다'라고 해석하

난 멍 때릴 때가 가장 행복해

고 접근해서는 안 된다는 것이 내 입장이었다.

나는 그런 이야기를 홍우 아빠한테 했고, 나 역시 그런 경험을 했다고 덧붙였다. 물론 그것은 감기처럼 그냥 지나가는 것이라고 안심시켰다.

그래도 그의 표정은 어둡기만 했다.

"홍우 엄마가 엄청 충격을 받은 것 같아요. 홍우 엄마야말로 진짜 범생이거든요. 아까 전화로 울먹이면서…… 우리가 그렇게 아이를 잘못 키웠나 하고……."

그러면서 그는 시간이 된다면 경찰지구대까지 동행해달라고 간절한 눈빛을 보내왔다. 그런 그의 눈길을 차마 거절할 수 없었다.

서울에 도착하자 눈발이 굵어지기 시작했고, 그래서 더욱 마음이 급해진 그가 너무 서두를까 봐 오히려 걱정이 되었다. 기온도 급락하고 있었다. 내 휴대폰으로 재난문자가 두 번이나 날아왔다. 기상대는 오늘밤 서울의 기온이 영하 19도까지 내려갈 것이라고 겁을 주고 있었다.

경찰지구대는 반짝반짝 불을 뿜어대는 모텔촌 뒤쪽에 숨어 있었다. 지구대 안으로 들어가자마자 홍우 엄마가 남편한테 왜 이렇게 늦게 왔냐고 화부터 냈다. 그러다가 나하고 마주치자 참으로 어색하게 눈인사를 하는데, 한평생 무균질에 가깝게 살아온 사람들 특유의 민망함 같은 속표정을 감추지 못했다.

세 아이가 바닥에 무릎을 꿇고 있었다.

나는 그 모습이 충격적이었지만 아무런 말도 할 수 없었다.

그곳에 모인 어른들은 모두 잔뜩 화가 나 있었고, 부모로서 이런 상황을 도저히 받아들일 수 없다는 표정을 노골적으로 지어내고 있었다. 아이들은 모두 홍우의 초등학교 친구들이었다.

꿇어앉은 아이 중에서 누군가 화장실에 다녀오고 싶다고 하자, 세 아이의 부모 중 한 사람인 흰 새치가 많은 남자가 "이놈의 새끼들!" 하고는 버럭 소리를 질렀다.

"지금 오줌이 나와!"

그 호통 소리에 책상에 앉아서 일하던 경찰관이 놀라면서 입을 헤 벌렸다.

참으로 어처구니없는 풍경이었다. 어른이라는 인간들이, 그 것도 아이들의 부모라는 인간들이, 이 추운 날 아이들의 맨살을 차가운 콘크리트 바닥에다 지지게 하고는, 온갖 폭력적인 눈빛으로 융단폭격을 하고 있었다. 그 어른들 눈에는 저 아이들은 아주 흉악한 범죄자들이었다. 그래, 설령 그렇다고 쳐도 저 아이들을 차디찬 콘크리트 바닥에다 벌을 세울 수 있는 권리는 없다. 나는 그 말을 하고 싶었지만, 이방인이었던 내가 끼어든다면 홍우네 처지가 난처해질까 봐 발끝에다 힘을 주고는 간신히 참아내는데 자꾸만 오줌이 나오려고 했다.

경찰관은 부모들이 다 모였다고 말하자 그제야 자리에서 일어나면서 사건의 자초지정을 설명했다. 세 명의 여학생들이 편의점에 가서 한 명은 CCTV를 가리고, 한 명은 카운터에서 주인의 눈을 가리고, 나머지 한 명이 과자를 훔쳤다. 훔친 과자는 초콜릿 5개였다. 주인이 이상하다고 생각하고는 편의점 안쪽에 있는 반사경을 보니 아이가 초콜릿을 호주머니에다 넣고 있었다. 주인은 즉시 호통을 쳐서 그 아이를 잡았다. 아이들은 즉시 자신들이 훔쳤다는 것을 인정하고 용서해달라고 했다. 그러나 주인은 지구대에 전화해 아이들을 처벌해달라고 했다. 요즘 들어 그런 일이 자주 일어나기 때문에 도저히 용서해줄 수 없다는 입장이었다.

"근데 조금 전까지만 해도 강력하게 처벌을 해달라고 하시더니, 방금 전에 또 연락이 왔는데요. 이제 충분히 혼난 것 같으니, 그냥 용서해주겠다고 합니다."

경찰관은 이 정도에서 사건이 해결되는 것이 다행이라는 투로 어른들을 보았고, 이제 그 편의점으로 가서 고맙다는 인사나 하면 마무리될 것 같다고 했다. 그런데도 세치가 많은 남자가 이놈들은 더 따끔하게 혼내야 한다면서 경찰관을 쳐다보았다.

"뭔가 이놈들을 혼낼 방법이 없나요! 가령 앞으로 몇 개월간 여기 나와서 봉사활동을 한다거나 아니면 다른 곳에 가서 봉사활동을 하는데, 그걸 여기 경찰분들이 관리하면서요."

그 옆에 있는 키 작은 남자도 비슷한 말을 했다. 이대로 아이들을 돌려보내서는 안 된다고 했고, 호주머니에 각각 만 원에서 이만 원 정도의 돈이 있었는데도 도둑질을 한 아이들이 걱정될 뿐만 아니라, 그렇게 아이들을 가르친 부모들 잘못이 크기 때문에 같이 벌을 받아야 한다고 더욱 목소리를 높였다. 키가 작은 그 남자는 당장이라도 아이들 옆에 꿇어앉을 태세였다. 홍우 아빠만이 다른 부모들 눈치를 보면서 아무런 말을 못하고 있었다.

꿇어앉은 아이들은 모두 덜덜덜 떨고 있었고, 누군가의 가랑이 사이로 노란 오줌이 흘러나왔다.

경찰관은 조금 난감하다는 눈빛을 보였다.

"이런 일이 생기면 부모들이 항상 아이들을 감싸고, 오히려 경찰관들을 몰아세우고 그러는데…… 오늘 오신 부모님들은 좀 다르시네요. 오시자마자 아이들을 꿇어앉게 하고…… 만약 우리가 이렇게 했다면 학생들 인권 운운하면서 난리가 나는 세상인데요. 부모님들 맘이야 이해하지만 그렇다고 저희가 할 수 있는 것은 없습니다."

그제야 어른들은 마지못해 아이들에게 일어나라고 했는데, 여전히 위압적인 목소리로 호통을 쳤다. 아이들은 엄마들 편에 집으로 돌아갔고, 남자들만 남아서 맥주를 한잔씩 하기로 했다. 홍우 아빠는 그런 제안을 거절하다가 나머지 두 사람이 대책을 마련해야 한다는 말에 억지로 따라갔다. 키가 큰 사람은 아무개 대학 교육학 교수이고, 키가 작은 사람은 근처 대형교회의 부목사님이라는 말이 내 고막에서 계속 맴돌이쳤다.

그다음 날 점심 무렵에 홍우 아빠한테 전화가 왔다. 자신이 반대했는데도 대학교수와 목사님이 이대로 끝내서는 아이들한테 좋지 않다고 하면서 기어이 학교에 연락을 한 모양이다. 대학교수와 목사님은 이런 문제는 솔직하게 학교에 알린 다음 선생님들이랑 같이 문제를 풀어나가는 것이 아이들 미래를 위해서도 옳다고 확신했다. 홍우 아빠는 이 일이 전체 학생들에게 알려질 경우 아이들이 정신적으로 심각하게 타격을 입을 수도 있으니 신중하자고 했지만, 다른 분들은 선생님한테만 알리는 거니까 별 문제 없을 것이라고 판단했다.

그 말을 들으면서 나는 몇 번이나 "미치겠네!" 하고 탄식을 했는지 모른다.

"글쎄요. 나는 어떤 결과가 나오든 이런 식으로 문제를 해결하는 것에 반대합니다. 선생님들과 상의해서 어른들이 원하는 결론이 나오든 아니면 어떤 예상하지 못한 결과가 나오든, 그 아이들은 엄청난 상처를 받을 겁니다. 왜 그걸 모르죠? 어렸을 때

받은 마음의 상처가 얼마나 오래가는지 모르는 모양인데……
참 안타깝네요. 그 어떤 경우든 아이들은 앞으로 잔뜩 움츠리면
서 학교생활을 할 겁니다."

사실 나는 더 강하게 그 사람들을 비판하고 싶었다. 하지만 괜
히 오버한다고 생각할까 봐 참았고, 그분들이 원하는 대로 문제
가 잘 해결되기를 바란다고 했다.

안타깝게도 어른들 예측대로 문제가 풀리지 않았다.

학교에서는 그 사건을 접수하자마자 징계위원회를 열겠다고
통보했고, 그렇지 않아도 잔뜩 겁에 질려 있던 아이들은 한동안
심장이 뛰지 않는 것처럼 굳어버렸다. 우선 어른들이 자신들하
고는 한마디 상의도 없이 학교에 알리리라고는 상상도 하지 못
했고, 그래서 엄마 아빠한테 실망시키고 미안했던 감정들이 한
순간에 분노로 바뀌었다. 어떻게 그런 일을 학교에 알릴 수가 있
을까. 아이들은 아무리 이해하려고 해도 그런 어른들의 마음을
받아들일 수가 없었다. 그렇다고 어디다 하소연도 할 수 없었다.
그저 이불 속에서 혼자 눈물을 흘릴 뿐이었다.

홍우 아빠는 하루도 빠짐없이 그 사건의 진행 상황을 알려주
었는데, 이야기를 들을 때마다 왜 그리도 내 가슴이 아리고 아파
오는지 못 마시는 술이라도 한잔씩 입 안에다 부어야 했다. 그래
야만 그 이야기를 들을 수가 있었다.

난 멍 때릴 때가 가장 행복해

부모들은 학교 선생님에게 철저하게 비밀로 해달라고 부탁했겠지만, 불과 사흘 만에 세 아이는 전교생의 입에 오르내리는 유명 인사가 돼버렸다. 홍우는 반 친구들 얼굴을 쳐다볼 수 없어서 바늘방석에 앉아 있는 것 같다는 말을 했다. 교수님의 딸은 아이들의 놀림을 받기도 했다. 그 애는 학교에서 바른말 하기로 유명한 아이였고, 누군가 왕따를 시키거나 불합리한 짓을 하면 자기 일이 아니라도 참지 않는 성격이었다. 그런데 편의점에서 도둑질을 했다니, 그 아이한테 좋지 않은 감정을 가진 아이들이 이런 찬스를 놓칠 리가 없었다. 결국 교수님 딸은 그 아이들이랑 한판 싸움까지 붙어서 사건은 계속 덧나갔다. 목사님의 딸은 징계위원회가 열리기 전날 선생님하고 면담을 하다가 뛰쳐나가는 사태가 발생했다. 선생님이 자꾸만 누가 먼저 과자를 훔치자고 했는지, 그것을 밝히라고 하자 참을 수가 없었다.

"우리가 잘못한 건 맞지만, 그래도 이건 아니잖아요? 자꾸 누가 가장 먼저 주동했느냐, 그걸 밝히라는 거예요. 꼭 형사가 용의자를 추궁하듯이……. 그러면서 저한테 네가 주동한 거 아니냐? 넌 초등학교 때도 한 번 이런 적이 있지 않느냐고 하시는데……. 아, 그건 아니거든요. 누구한테 제 초등학교 생활을 다 캐물은 모양인데, 그때는 제가 훔친 거 아니라고요. 우리 반에서 그때 돈을 잃어버렸는데, 그게 제 짝꿍이라 제가 의심받았어요. 근데 전

안 가져갔거든요……."

그렇게 시간이 흘러갈수록 그 사건은 계속 덧나고 덧나서 이제는 아이들은 말할 것도 없고, 어른들도 감당할 수 없는 지경으로까지 커지고야 말았다. 아이들은 한 달 동안 봉사활동을 하고, 자신들의 잘못을 대자보로 써서 학교 게시판에다 붙여야 하며, 1주일 동안 날마다 반성문을 써야 했다. 이미 선생님들이 주동자로 찍은 목사님의 딸은 특별히 3개월 동안 소아정신과 전문의한테 심리치료를 받아야 한다는 조건까지 달았다.

"허허허, 그렇게 되고야 말았습니다. 특히 목사님 딸이 가장 반발했지요. 목사님을 비롯해 사모님까지……. 지금 그 아이는 절대 정신과 치료를 받지 않겠다고 완강하게 거부하고 있는데, 어떻게 될지 모르겠습니다. 결국 하루아침에 우리 딸이 문제아가 돼버린 것이죠. 문제아가 되는 것이 이렇게 순간이라는 것을, 나이 육십이 다 된 이제 깨닫는 바보가 여기 있네요! 솔직히 나는 문제아라고 하면 뭔가 문제가 있는 행동을 하는 아이들인 줄 알았거든요. 근데, 그게 아니고 어른들이 문제아를 만들어내는구나, 그걸 이제야 깨달은 거지요……."

홍우 아빠가 내뱉는 한숨 소리가 너무 커서 나는 숨이 턱턱 막히는 것 같았다.

나는 그저 들어줄 뿐 아무런 말도 할 수 없었다.

난 떡 때릴 때가 가장 행복해

"근데 앞으로가 더 문제예요. 당장 우리 홍우도 반발이 하도 커서요. 왜 자기가 학교에서 그런 징계를 받고 문제아가 되어야 하냐고 하면서 전학시켜 달라고요. 교수님 딸도 아빠가 자기 대신 학교 다니라고 걸핏하면 소리친다는데…… 이걸 어찌해야 할지…… 일은 어른들이 저질러놓고 아무도 수습할 수 없으니…….

잘 버텨줘서
고마워

이웃집에서 조촐한 잔치가 열렸다. 바람은 가을 냄새를 풍기면서 분위기를 띄웠고 하늘도 쪽빛 얼굴로 치장하고 오는 손님들을 맞이했다. 어른들을 따라 숭굴숭굴한 아이들도 모여들었는데, 초등학생을 비롯해 중고등학생들과 대학생까지 골고루 섞여 있었다.

어른들은 집에서 기르던 오리 세 마리를 잡았다. 살아 있는 목숨, 그것도 집에서 키우던 것을 잡아야 했으니 무척이나 힘들고 고된 일이었다. 생전 이런 풍경을 처음 보는 아이들 앞에서 살아 있는 것들의 목을 비틀고, 털을 뽑고, 생살을 갈라내는 일이란.

난 멍 때릴 때가 가장 행복해

생전 처음 오리를 잡았던 어른들은 새삼 살아간다는 것이 얼마나 엄청난 일인가를 깨달았고, 죽어서 인간의 살이 될 수밖에 없는 오리들한테 미안하면서도 고마워했고, 하늘과 숲을 보면서 이 거대한 흐름의 한복판에 있는 인간이라는 존재에 대해서 다시금 되돌아보았다.

고마운 것은, 아이들이 그 자리를 뜨지 않고 어른들이 살아 있는 오리의 목숨을 끊어 자신들의 식탁에 오를 고기로 변화시키는 과정을 지켜보았다는 사실이다. 더더욱 고마운 것은, 아이들이 식탁에 오른 고기를 잘 먹어주었다는 사실이다.

나는 그 아이들을 보면서 성준이를 떠올렸다. 얼마 전 갑자기 자살을 하겠다는 유언을 트위터에다 올려놔 세상을 놀라게 했던 놈. 갑자기 걸려온 한 지인의 전화를 받고 얼마나 당황했는지 모른다.

성준이는 내 친구의 아들이었는데, 고등학교에 가서 적응을 제대로 하지 못했다. 친구관계도 원만하지 않았고, 당연히 성적은 바닥에서 허우적거렸다. 그러니 얼마나 힘들겠는가. 나도 몇 번 그 아이를 만나서 위로해준답시고 밥을 사주고는 이러저러한 말을 한 적이 있었다.

하지만 어른이 아이들을 만나서 위로해준다는 것이 얼마나 어려운 일인가. 나는 성준이의 파릇파릇한 눈빛이 너무 꺾여 있다는 사실을 알면서도 뭐라 해줄 말이 없었다. 성준이는 시종일관 나를 똑바로 쳐다보지 못했고, 자주 눈을 깜박였으며, 무슨 말을 하든 자신감이 없어 보였다. 그런 성준이를 눈에 담고 오는데 내내 마음이 아팠다.

그래서인지 성준이가 자살하겠다는 유서를 남겼다는 말을 듣자마자 갑자기 다리가 풀렸다. 나한테 전화를 한 사람은 어서 가족에게 알리고, 모든 수단과 방법을 다 동원해서 막아야 하지 않겠냐고 다그쳤다.

나는 성준이가 얼마나 힘들었으면 그런 선택을 하려고 했을까 하는 생각을 하자 더더욱 마음이 아팠다. 다행히도 가족과 경찰이 빠르게 대응해 파국을 막을 수 있었다.

나는 그런 성준이가 이 자리에 있었으면 좋았겠다고 아쉬워했다. 어른들 옆에서, 어른들이 따라주는 막걸리나 한잔 했으면 좋았을 것이다. 어른들 옆에서, 오리가 불쌍하다고 어른들한테 손가락질을 했으면 했다. 어른들 옆에서, 자기만의 방식으로 반항했으면 어땠을까.

나는 거기 모인 아이들에게 성준이 이야기를 끄집어냈다. 그러면서 내 수첩에 들어 있는 오래된 사진 한 장을 보여주었다. 아이들은 대뜸 그 빛바랜 흑백사진의 주인공이 나라는 것을 알았다. 사진 속 아이는 까까머리였는데 다소 어리게 보였는지 고등학교 때 찍은 것이라고 하자 다들 믿지 않았다. 나는 힘들 때마다 그 사진을 꺼내 보면서, "그때 죽지 않고 버텨줘서 고마워. 앞으로도 날 잘 부탁해" 하고 기도하듯이 말한다. 그 아이는 나를 지켜주는 신이나 다름없다.

"이 이야기는 너희들에게 첨 하는 거야. 그러니까 우리 가족에게도 하지 않았던 말인데, 우리 어머니를 비롯해 형제들 그리고 그 시절 친구들도 몰라. 저 사진 속 아이랑 나만의 비밀이었는데, 이제는 그 비밀을 해제해도 될 것 같아. 그리고 어머니가 돌아가시기 전에 이제 그 말을 하고 싶어. 그때 난 정말 힘들었다고. 형제들에게도, 친구들에게도. 이제는 말할 수 있을 것 같아."

어머니나 형제들이 그런 사실을 안다면 깜짝 놀랄 것이다. 어머니나 형제들이 보기에 나는 너무도 순한 아이였을 테니까. 살아오면서 나는 그분들에게 한 번도 걱정거리를 안겨주지 않았다. 늘 혼자 잘 알아서 제 앞가림을 해가는 아이였다. 그러나 그것은 겉으로 드러나는 껍데기에 지나지 않았다.

중학교 때까지만 해도 나는 정말 평범한 소년이었다. 공부를 아주 잘하는 편은 아니었지만 그렇다고 못하는 편도 아니었고, 친구들 관계도 아주 원만했다. 그런 아이는 대도시로 유학을 가면서 급류에 휩쓸리듯이 허둥거렸다. 아이는 대도시 고등학교에서 전혀 적응을 하지 못했다. 공부는 최하위로 추락했고 친구 관계도 거의 없었다.

안타깝게도 그 아이가 도움을 청할 사람은 아무도 없었다. 아이는 학교 선생님에게 몇 번이나 면담을 신청했지만, 선생님 눈에 그런 아이가 눈에 들어오지 않았던 모양이다. 반에서 학급평균 점수나 깎아먹는 좀비 같은 존재였으니, 아이하고 면담 약속을 잡아놓고도 몇 번이나 까먹어버렸다. 아이는 많이 힘들어했다. 날마다 학교에서 마주치는 수많은 학생이 무서워졌다. 그들은 태연하게 같은 교실에서 만나 공부를 하는 사이였지만, 실은 서로를 깔아뭉개고 더 높은 곳으로 올라가야만 살아남을 수 있는 존재들이었다. 아이는 그들에게 밟히고 밟혀서 스러져가는 꿈을 자주 꾸었다.

도대체 어디서부터 꼬여버린 것일까.

그 실마리를 찾아내려고 무진장 애를 썼다. 하도 힘들어서 신을 떠올리면서 교회를 찾아갔다. 안타깝게도 교회에서 만난 전도사님은 아이의 이야기를 들어주지 않았고, 오직 하느님에게 기도만 하면 모든 것이 좋아진다고 했다. 그래서 정신을 잃어버릴 정도로, 아니 미쳐버릴 정도로 맹렬하게 기도를 하고, 일부러 소리 내어 울어보기도 했다. 하지만 아이는 신의 축복을 받지 못했다. 그래서 근처에 있는 절에도 가보았다. 제발……, 누군가에게 하소연하고 위로받고 싶은데 그런 존재를 찾아낼 수가 없었다.

학교 문턱도 밟아보지 못한 어머니는 노동자로 전락해버린 큰아들 때문에 괴로워했고, 그래서 둘째아들인 그 아이한테 더욱 큰 기대를 하고 있었다. 아이는 그런 상황이 더욱 부담스러웠다.

어머니를 만나도 차마 힘들다는 말을 할 수가 없어서 밤에 몰래 눈물만 삼켰다. 그렇다고 서울에서 사는 형한테도 말할 수 없었다. 형 역시 동생한테 기대하는 것이 너무 컸기 때문이다. 자신이 못 배웠기 때문에 동생이 그 몫을 다 해주기를 바라고 있었다. 아이는 형한테 편지를 보낼 때마다 힘들다는 말을 못하고 대신 말도 안 되는 종교 이야기만 늘어놓았다. 형은 그걸 보고 동생의 심리 상태가 매우 불안하다는 것을 알았으며, 어머니한테 몇 번이나 동생이 어디 아픈 것 같다고 걱정했다. 아이는 어디 아프냐고 물어오는 어머니한테도 솔직하게 말하지 못했다.

아이한테는 아무런 탈출구가 없었다.

아이는 자기도 모르게 죽음을 생각했고, 그때마다 놀라면서 그런 생각을 밀어내려고 안간힘을 썼다. 불쑥불쑥 죽고 싶다는 생각이 게릴라처럼 뇌리를 들이닥칠 때마다 아니라고 고개를 흔들어대고 어디론가 기를 쓰며 도망치려고 했다. 생각하는 뇌를 어디엔가 버리고 싶었다. 자꾸만 죽음을 생각하는 자신이 두려워지고, 이러다가 감당하지 못할 순간이 올 것만 같았다.

그리고 꼴등을 한 자신의 성적표가 고향 어머니 앞으로 부쳐지는 순간, 아이는 어디론가 가기 시작했다. 누가 부르는지, 목적지가 어딘지도 알 수 없었다. 마음속에는 슬픔과 외로움으로 가득 차 있었고, 그렇게 살아가는 자신의 몸이 불쌍했다. 그런 자신을 편안하게 해주고 싶었다. 그러다가 문득 정신을 차려보니 아이는 자신이 고향 앞으로 흐르는 강가에 서 있다는 것을 알았다.

마을에서는 불빛이 꽃처럼 피어나고 있었다.

아이는 그곳에서 자신의 몸에다 무거운 돌을 묶었다. 하염없이 눈물이 흘렀다. 한 번도 훌륭하게 살고 싶다, 또는 대단하게 살고 싶다, 또는 아주 부자로 살고 싶다, 뭐 그런 생각은 해본 적은 없지만 그래도 자기만의 작은 집을 짓고 가족을 꾸리고 그렇게 나무처럼 살고는 싶었다. 그런 생각들, 어머니와 형제들, 그리고 수많은 시간이 스쳐갔다. 어쩌면 죽는다는 것은 더 외로울지도 모른다는 생각도 했다. 그러면서 물비린내가 가득한 강물로 얼굴을 씻고 울다가 살고 싶다는 생각을 했다.

아이는 살고 싶었다. 하지만 그곳으로, 그 학교로 돌아가서는 살아갈 자신이 없었다. 그렇다고 다른 곳으로 갈 수도 없었다. 이 환장할 만한 공식, 반드시 아이가 죽어야만 풀리는 문제 같았다.

그때 누군가 강 아래쪽에서 올라오는 것 같았다. 돌아가신 아버지 같기도 했고, 마을 어른인 것 같기도 했고, 어렸을 적 친구들인 것 같기도 했다.

아이는 그것을 기다렸다는 듯이 몸을 일으켰고, 천천히 다시 어딘가를 향해 걸어갔다. 그리고 해가 쨍쨍 나서야 다시 대도시에 와 있다는 것을 알았다. 아이는 3일간 학교에 가지 않고 잠만 잤다. 모든 것이 꿈만 같았다. 그러다가 어머니한테 걸려온 전화를 받고 얼마나 놀랐는지 모른다.

"그냥, 전화 해봤다! 몸 상하지 말고…… 괜찮다, 몸이 상하지 않으면…… 공부는 괜찮다, 괜찮아. 어젯밤 꿈에 니가 나와서야, 엄마는 너 공부 못해도 괜찮다!"

아이는 그 전화를 받으면서 꾸역꾸역 울음을 삼켰고, 차라리 공부 못한다고 꾸짖었으면 얼마나 좋을까 하는 생각을 하다가도, 꼴등이라는 아들의 성적표를 보고도 괜찮다고 하는 그분의 목소리가 너무도 고마웠다.

그때 순간적으로, 아이는 자신이 죽지 않아 다행이라고 생각했다. 죽어버렸다면…… 아, 적어도 어머니한테…… 그건 아이가 상상할 수 없는 세상이었다. 그때부터 아이는 죽지 않겠다고 했다.

아이는 그때부터 생이란, 오직 한 그루 나무처럼 버티는 것이라는 사실을 깨달았다. 그래서 더욱 외롭기는 했지만 주변의 나무나 풀을 보면 그냥 지나치지 않았다. 가로수도 자주 끌어안는 버릇이 생겼고, 작은 풀꽃만 보아도 그것을 꺾어다가 자취방에다 꽂아두었다. 그들을 보면서 버티는 법을 배웠다.

나는 그런 이야기를 마을 아이들에게 들려주었다. 아이들은 순간적으로 숙연해졌다가, 죽으려고 했던 그 순간의 감정에 대해서 묻기도 했다. 죽고 싶다, 그때의 감정은 뭘까. 나는 잘 모른다. 실제로 그 당시 나는 멍해졌고, 그냥 어딘가로 달아나고 싶었을 뿐이다. 죽고 싶다, 그런 생각은 정말 순간적으로 일어나는 것이고, 그 순간이 한 생의 시간을 결정하는 것 같았다.

어쨌든 내가 죽지 않았던 것은 버티는 법을 알아냈기 때문이었던 것 같다. 성준이도 그렇게 스스로 버텨내는 법을 알아냈으면 좋겠다. 그래야만 스스로 자신을 믿고 갈 수가 있다. 다음에 성준이를 만나면 이런 이야기를 해도 좋을지 모르겠다. 거기에 모인 아이들은 성준이한테 꼭 그런 이야기를 해줬으면 좋겠다는 눈빛이었지만 나는 확신할 수 없었다.

그 뒤로 나는 성준이를 몇 번 만났지만 그런 이야기를 하지 못했다.

성준이는 그 뒤로도 두 번이나 자신의 생을 끊으려고 했다.

나는 얼마 전에 다시 성준이를 만났다. 『숲은 그렇게 대답했다』라는 청소년소설을 썼는데, 가장 먼저 성준이가 떠올랐다. 이번에도 나는 성준이한테 그런 이야기를 하지 못했고, 그냥 저녁을 사주면서 책을 건넸을 뿐이다. 그런데 성준이가 책 뒤쪽에 실려 있는 그 아이의 나이 든 사진을 한참 들여다보았다.

　"몇 번이나 생을 지우려고 했던 아이야! 그 시절 잘 버텨줘서 정말 고맙다!"

　성준이는 그걸 몇 번이나 읽더니 슬그머니 내 눈을 보았다. 뭔가 간절함이 배어 있는 눈빛이 하염없이 흔들리고 있었다.

　"저 아이가 꼭 저 같아서…… 그래서 자꾸 눈물이 나요."

꼴찌는 그 어디에도
눈을 마주칠 곳이 없다

이 글은 꼴찌에 대한 이야기다. 그래서 무척 조심스럽게 말할 수밖에 없다. 꼴찌란, 생의 바닥을 맛본 외로운 존재들이니까.

나도 한때 꼴찌였다. 그렇다고 내가 모든 꼴찌들을 대변할 수는 없다. 그렇지만 내가 꼴찌였을 때의 외로움만큼은 솔직하게 드러내고 싶다.

지금이야 아무렇지도 않게 그런 이야기를 할 수 있지만, 그때는 눈앞이 아득해졌다. 한동안 정신이 없었다. 그래 꿈일 거야, 하고 현실을 강하게 부정해보기도 했다. 그러나 교실 뒤쪽 벽에 붙어 있는 우리 반 석차표는 내가 꼴찌라는 것이 꿈이 아닌 현실

난 떵 때릴 때가 가장 행복해

이라는 것을 각인시켜주었고, 그때부터 얼굴이 확 달아올랐다. 다리의 힘이 풀려고 오줌마저 찔끔 싸버렸다. 무엇인가 붙잡고 싶어서 몇 번이나 허공을 손으로 휘저었는지 모른다. 그런 나를 향해 담임선생님은 싸늘한 눈빛을 보내면서

"이 새끼야, 얼마나 공부를 안 했으면 수업시간에 들어오지도 않는 운동부 애들보다 더 성적이 안 나왔냔 말이야! 쪽팔리지 않냐? 시골에서 뼈 빠지게 고생하시는 부모님한테 부끄럽지도 않냐! 이게 뭐야, 이게! 아니, 운동부 애들보다는 나아야 할 거 아냐! 너 이 새끼, 나중에 뭐가 될래? 뭐가 되려고 이러냐?"

그렇게 욕설을 섞어가면서 무자비하게 융단폭격하고 있었다. 담임은 젊은 역사 선생님이었는데, 당시 선생님들하고는 달리 특이하게도 매를 들지는 않았다. 대신 교탁 앞으로 불러낸 다음 그런 식으로 말로서 온갖 모욕감을 주었다. 그때의 심정이란 죽어버려도 좋으니까 그 자리에서 증발해버리고 싶었다. 결과는 꼴찌라서 할 말이 없지만, 내가 노력을 하지 않는다는 말은 받아들일 수 없었고, 거기에다 시골에서 고생하는 어머니까지 끌어들여서 비꼴 때는 그냥 밖으로 뛰쳐나가고 싶었다. 그때 교실을 뛰쳐나가지 못한 내 자신이 얼마나 미웠는지 모른다. 자취방에 돌아와서 바보 멍청이라고 얼마나 저주를 퍼부어댔는지 모른다.

59명 중에서 59등. 운동부가 2명 있으니까, 실제적으로는 57등이 꼴등인데, 나는 운동부한테도 밀려서 59등을 한 것이다. 내가 생각해도 납득이 불가능했으니, 하늘에 떠 있는 해한테 물어본들, 내 가방 속에 있는 책들에게 물어본들 그 답이 나올 리가 없었다. 걸어도 발에 밟히는 것은 없었고, 누군가 말해도 들리지 않았다.

　아! 진짜 내가 꼴등이란 말이야?

　누군가에게 물어보려고 했으나 막상 같은 반 친구들이랑 눈을 마주치려고 하자 눈물이 핑 돌면서 쳐다볼 수가 없었다. 아무 하고도 눈을 마주칠 수가 없었다. 심지어 칠판이며 교탁, 형광등, 유리창, 의자며 책상이랑 눈을 마주치려고도 해도 제대로 쳐다볼 수가 없었다. 그 모든 것이 나를 비웃거나 동정하는 것 같았다. 교실 밖에 있는 나무랑 풀잎을 비롯해 자동차들, 전봇대, 땅바닥에 떨어진 담배꽁초까지도 쳐다볼 수가 없었으니!

　아, 꼴찌란 이런 것이구나! 꼴찌란 그 누구하고도 눈을 마주칠 수 없는 존재로구나! 꼴찌란 쓰레기구나! 꼴찌란 인간이 아니구나!

　나는 그동안 꼴찌를 해본 적이 없었으니, 꼴찌들의 마음이 어떨지 알 수가 없었다.

　시골 내 친구 중에는 단골로 꼴찌를 하는 아이가 있었다. 그제

　난 떡 때릴 때가 가장 행복해

야 그 아이가 떠올랐고, 그 아이가 얼마나 외로웠을지 그제야 알 것 같았다. 나는 꼴찌의 마음을 몰랐기 때문에 진심으로 그 아이를 위로해줄 수 없었다. 그래서 겉으로는 "야, 괜찮아!" 하고 위로하는 척했지만 돌아서기만 하면 "에이, 바보 같은 놈! 쟤는 왜 맨날 꼴등만 할까?" 하고 비웃었다.

한번은 단골로 꼴찌를 하는 친구의 어머니가 나를 찾아와서 "네가 친구니까, 공부하는 법을 좀 알려줘라" 하고 부탁한 적도 있다. 나는 꼴찌를 하는 친구를 불러다가 공부하는 법을 알려주려고 했다. 그러자 그 아이가 난감한 표정을 지으면서 "넌 이해 못하겠지만 나 나름대로는 열심히 하는데 안 돼. 금방 까먹어버리고⋯⋯" 하고 말했다.

나는 그때 그 아이가 거짓말한다고 생각했다. 열심히 공부를 하는데도 꼴찌를 한다는 것을 받아들일 수 없었다. 나는 고등학교에 가서야 그 친구의 말이 거짓이 아님을 깨달은 것이다. 나는 꼴찌도 나름대로 열심히 노력한다는 것을 알았다. 선생님들 말처럼 아무런 공부도 하지 않고 꼴찌를 하는 게 아니었다. 물론 아예 공부를 하지 않아서 꼴찌를 하는 경우도 있을 테지만. 다만 내 경우에는 그렇지 않았다는 뜻이다.

나는 시골 중학교를 거쳐 대도시에 있는 고등학교에 입학했다. 안타깝게도 나는 새 학교에 적응을 하지 못했다. 나는 입학

첫날부터 허둥거렸는데, 영어책을 제대로 읽지 못했다. 그 허둥거림은 난독증이라는 병으로 번져버렸고, 결국은 아무런 책을 읽지 못하게 된 것이다. 요즘이야 그런 병명도 있고 상담치료사도 있겠지만 당시에는 그 누구도 그런 배려를 하지 않았다.

거의 모든 선생님들이 그런 소년에게 매질로 응수했고, 그 아이는 점점 낙오되어갔다. 그리고 결국은 꼴찌를 하게 된 것이다. 담임선생님은 더욱 가혹하게 그 성적표를 고향 어머니 앞으로 발송했고, 그날 소년은 생에 처음으로 자살을 하려고 했다.

소년은 꼴찌에서 헤어나려고 무진장 애를 썼다. 그러나 한 번 빠져버린 그 수렁에서 빠져나오기란 쉽지 않았다. 물론 그다음 시험에는 운동부들보다야 성적이 더 좋아졌고, 소년보다 못한 사람이 두 명이나 더 있었지만 사실상 꼴찌였다. 그 두 명의 아이도 징계를 받아서 제대로 공부를 하지 못했기 때문이다. 소년은 더욱 이를 악물었다. 그런데도 시험만 보면 성적이 나오지 않았다. 그러니 계속 꼴찌를 했고, 시험이 거듭될수록 '꼴등은 너야!' 하는 식으로 어떤 서열이 정해지는 것 같았다. 그러니 말수는 더욱 줄어들고, 어느 누구에게 자신 있게 말을 걸지도 못했다.

꼴찌들도 다 다른지라, 그런 성적의 서열을 아예 무시하고 사는 아이들도 있다. 비록 공부는 꼴찌여도 다른 특기를 가진 경우가 그랬다. 운동을 잘하거나 악기를 잘 다루거나 또는 잘 놀거나 주먹이 세거나 아니면 집이 부자이거나! 그런 아이들은 꼴찌여도 크게 주눅 들지 않았지만, 나처럼 아무것도 할 줄 아는 게 없는 아이들에게 꼴찌란 거의 구제불능의 수렁에 빠진 거나 다름없었다.

"넌 우리 반 꼴찌!"

거의 모든 아이들 눈빛에서 그런 느낌을 읽을 수 있었다. 그때마다 나는 움츠렸고, 점점 자신감이 사라졌다. 내가 아는 것조차 시험지만 보면 제대로 적을 수가 없었다. 나는 그런 시험지로부터, 학교로부터 도망치고 싶었다. 아침에 학교에 가려고 나서면 오늘 하루는 또 어떻게 버티나, 하는 생각뿐이었다.

고등학교 2학년 중간고사가 끝났을 때 나는 모든 것을 포기하기로 했다. 더 이상 꼴찌를 벗어나기 위해서 버둥거리지 말자고 생각했고, 그러자 소설책들이 보이기 시작했다. 그때부터 나는 미친 듯이 책만 보면서 살았다. 수업시간에도 교과서 대신 소설책을 펼쳐놓았다. 성적은 여전히 꼴찌였지만 그렇게 문학을 알아가면서 그 전처럼 허둥거리지 않았다. 만약 그때 내가 문학을 알지 못했더라면 어땠을까. 아, 생각해만 해도 끔찍하다. 아마 그 시간을 버티어내지 못했을 것이다.

그래서 나는 꼴찌 하는 아이들에게 이렇게 말한다. 다 놓아버려라! 너무 꼴찌를 오래 하다 보면 그것이 계급처럼 몸에 굳어버릴 수 있다. 공부를 못한다고 다른 것까지 꼴찌는 아닌데, 그런 식으로 굳어져버린다. 초등 6년, 중고등 6년, 그렇게 긴 세월을 성적이라는 서열에 길들여지게 되면, 그 아이는 사회에 나와서도 어깨를 펴지 못한다. 그래서 나는 꼴찌 하는 아이들에게 이렇게 말한다.

"학교가 절대적으로 중요한 것은 아니야. 꼴찌인데도 그런 스트레스를 받지 않는다면, 다른 것으로 인정받는다면, 그건 괜찮아. 하지만 꼴찌여서 스트레스 받고 그러면, 그렇다면 학교를 잠시 쉬어도 돼. 공부란 꼭 학교에서만 하는 거 아니거든."

이것은 한때 꼴찌였던 한 사람의 솔직한 고백이자 자그마한 대안 제시라고 할 수 있다. 잠시 쉬는 것도 그런 수렁에서 벗어날 수 있는 방법이라고. 자꾸 꼴찌를 하다 보면 모든 자신감을 잃어버린다. 그런 아이들은 학교에서 벗어나 자신이 잘할 수 있는 것을 찾아보는 것이 필요하다. 공부 외에도 길은 많다. 그러니 더 이상 상처받지 말고, 꼴등이 꼭 필요한 학교라는 구조 속에서 허둥거리지 말았으면 좋겠다.

꼴찌도 괜찮다는 말은 허울 좋은 거짓말이다. 어떻게 꼴찌가 괜찮을 수 있겠는가. 하지만 꼴찌들이여, 생각을 달리해보면 또 다른 길이 있다. 수학 영어 못한다고 못 살지 않는다.

지구에서 자기만의 이야기 한 편을
듣고 가고 싶은 외계인

정규학교에서 이탈해 시민단체에서 위탁교육을 받고 있는 한 아이를 만났다. 그 아이는 만나자마자 자기의 나이는 18세이고 이름은 승희라고 씩씩하게 밝혔다. 나는 승희의 눈을 슬쩍 흘겨 보면서, 녀석이 어떤 아이인지 나름 간을 보았다. 나는 고등학교 때부터 시선공포증이 생겼기 때문에 상대를 오래 보지는 못한다. 그래도 슬쩍 보기만 해도 상대가 어떤 심리 상태를 가진 아이인지는 대충 맥을 짚어낼 수 있다. 승희가 낯선 내 눈길을 당당하게 받아내는 걸 보면 나처럼 소심한 사람은 아니다.

승희는 글에 대한 열망이 많았다. 딱히 문학을 하는 작가를 꿈

뀌본 적은 없으나 어떤 식으로든 글을 쓰는 작가가 되고 싶다는 의지를 내비쳤다. 그러면서 내 청소년기를 집중적으로 캐물었다. 또한 작가가 되고 나서 좋았던 점들이 무엇이었는지 아주 구체적으로 물어왔다. 그러다가 불쑥 "선생님, 문학도 예술이지요?" 하고 물으며 눈을 크게 떴다.

"당근이지. 난 문학이 예술이 아니라고 한다면 하지 않았을 거야."

"역쉬, 선생님은 그러실 줄 알았어요. 그렇다면 예술이란 뭐라고 생각하세요? 문학예술이요!"

승희는 마치 신문기자처럼 물었다.

나는 잠깐 목구멍으로 거슬러 올라오는 말을 삼켰다. 적어도 그런 질문을 할 정도라면 나름대로 오랫동안 고민했다는 뜻이다.

나는 솔직하게 최근에 고민했던 이야기를 풀어놓았다.

"내가 생각하는 예술이란 말이야, 내가 생각하는 문학이라고 하자……. 내가 생각하는 문학이란 '탈인간화'라고 할 수 있어."

"예, 탈인간화라고요?"

승희는 갑자기 얼굴에서 모든 무장이 해제된 듯이 멍한 표정이 되었다. 꼭 바보 같았다.

"탈인간화라면…… 인간으로부터 벗어난다는 뜻인가요?"

"아주 오랜 옛날에는 인간이 다른 생명체들이랑 같이 살았지.

그때는 서로가 서로를 인정하면서 살았어. 나무나 바위 또는 동물을 신으로 모시고 살기도 했지. 인간이 점차 강자로 떠오르면서 이 세상은 인간 중심으로 재편되기 시작한 거지. 인간은 무엇이든 맘대로 할 수 있다고 생각했고, 인간 외에 동물은 미물이라고 생각했지. 그러면서 각종 종교와 철학, 즉 모든 사상이 인간 중심으로 변하게 된 거야. 그것이 인간화야. 인간화라는 말을 내 식으로 풀이하자면 '이 세상에 존재하는 모든 것을 인간에게 이롭게 변화시키는 것'이라고 할 수 있어. 물론 그것도 정확한 말은 아니지만 대충 비슷한 말이야. 가령 예를 들자면 '식물의 인간화'라는 말을 들 수가 있어. 우리가 먹는 벼, 밀, 보리, 사과, 배를 비롯해 각종 채소들은 다 야생에서 자유롭게 살다가 인간의 눈에 띄어서 인간화가 된 거야. 인간이 그런 식물을 보다 키우기 쉽고 먹기 쉽게, 그러니까 인간하고 가까워질 수 있도록 길을 들이거나 개량한 거야. 요즘은 유전자 조작으로 더 쉽게 할 수가 있지. 나는 그런 것을 인간화라고 해. 동물도 마찬가지지. 소 돼지를 비롯해 닭, 오리 등 수많은 가축이 인간에 의해 길들여지거나 개량된 거야. 오로지 인간들이 더 쉽게 또는 더 많은 고기를 먹기 위해서 그렇게 한 거야."

승희는 천천히 고개를 끄덕였다. 슬그머니 눈을 감고 나름대로 인간화된 식물과 동물에 대한 생각을 하고 있음을 알 수 있었다.

"그뿐이 아니야. 강과 산 같은 것도 인간화가 되고 있지. 인간은 자기들 편리에 따라 강줄기를 바꾸기도 하고, 강을 막아 댐을 만들고, 심지어 강을 없애버리기도 하지. 운하를 파고 새로운 강을 만들기도 하고, 섬과 섬 사이를 막아서 바다를 없애기도 하고…… 산 하나 없애는 것이 식은 죽 먹기고, 이제는 바다와 하늘까지도 맘대로 하잖아? 산에다 터널을 뚫고, 땅 속에 지하도시를 만들고, 바다엔 해저터널을 만들고…… 그 모든 것이 인간화야. 인간들은 더 잘 살기 위해서, 그러니까 더 편리하고, 더 풍요롭게 살기 위해서 자신들의 뇌를 집중시키고 있어. 그래서 과학이나 공학도 앞에다 '인간'이라는 말을 붙여서 인간과학, 인간공학이라고 하지. 아마도 이 세상에 존재하는 생명체 중에서 가장 이기적인 동물이 인간일 거야. 그런 인간의 거침없는 행보는 아무도 막을 수 없어. 심지어 종교도 인간화가 돼버렸지. 이제 인간 외에 신들은 다 미신으로 치부되었고, 인간신을 모시는 종교도 자본화가 되어서 더 갈등을 조장하고, 자기들만 더 잘 살기 위해서 혈안이 되었지. 그건 더 이상 종교가 아니고 어떤 이익집단이라고 할 수 있어. 이제는 자본과 인간이 최고의 세상이 돼버렸는데, 그걸 끊임없이 비판하고 다른 여백을 쳐다볼 수 있게 하는 것은, 종교도 아니고 바로 예술이라는 거야."

난 떡 때릴 때가 가장 행복해

"저 역시 종교는 아니라고 생각해요. 하지만 예술도 아니라고 생각하는데……."

승희가 계속 말을 이어갈 수 있도록 나는 잠시 기다려주었다. 승희는 무슨 말을 할 듯하다가 끝내 말을 내놓지 않았다.

나는 예술이 인간화를 막아낼 수 있는 마지막 보루라고 생각한다고 덧붙였다. 이 세상이 인간화가 되어갈수록 인간들이야 더 풍요로울지 몰라도 그만큼 다른 것들은 파괴된다.

"자 보렴. 전력을 생산하기 위해서 댐 하나를 만들게 되면 인간들 눈에 보이지 않는 얼마나 많은 것이 죽어가니? 인간들이 생태건축이라고 하여 숲을 밀어내고 그 자리에 온갖 집을 짓는데, 그건 가장 비생태적인 건축이야. 수많은 동식물을 죽이는 거잖아? 게다가 생태건축이란 어디서 좋은 흙을 퍼다가 재료로 쓰거나 햇살이나 바람을 잘 통하게 하거나 인간화된 온갖 풀과 나무들을 심거나 하는 게 고작이야. 그건 생태건축이 아니야. 자기들만 잘 살겠다고 짓는 건축물이 무슨 생태건축이야. 인간의 삶이란 그래. 결국 인간들 외에 다른 생명체들이랑 같이 살겠다는 생각을 하지 않는 한 인간화는 멈추지 않을 거야. 그런 인간화에 대해서 끊임없이 비판하고 저항하는 것, 어떤 근원에 대해서 생각하게 하는 것, 인간이 가진 뇌의 상상력으로는 도달할 수 없는 다른 생명체들의 아픔을 생각하는 것, 그리고 우리 눈에 보이지 않는 곳에서 비참하게 죽어가는 것! 그것이 문학예술이지. 좀 더 세부적으로 인간들 삶을 얘기하자면 그 안에서도 온갖 갈등이 존재하는데…… 문학예술이란 종교, 인종, 이념을 초월하는 거야. 당연히 문학예술도 특정 이념에 갇혀버린다면 고여서 썩은 물이 되는 것은 마찬가지야."

"그건 문학도 마찬가지인 거죠?"

"당근이지."

"선생님, 그건 청소년문학도 마찬가진가요?"

어쩌면 승희는 처음부터 그 말을 하고 싶었는지도 모른다. 내가 청소년문학을 한다고 했기 때문에 '청소년문학이 무엇입니까?' 하고 물어보고 싶었을 것이다.

"전 초등학교 때부터 의문을 가졌어요. 왜 동화책에 나오는 주인공들은 다들 뻔할까? 대부분이 착하고, 아름답고…… 그러잖아요? 그런 책이라면 그렇게 많이 만들 필요 없잖아요? 그래서 전 어른들이 동화책 많이 보면 상상력이 커지고 생각하는 힘이 강해진다는 말도 믿지 않았어요. 근데 청소년소설도 똑같더라고요. 결말은 다 뻔하고요. 뭐 청소년들 등장시켜서 결국은 나쁜 짓 하지 말라는 거잖아요? 착하게 살자는 뜻이잖아요? 술 담배 하지 말고, 누구랑 싸우지 말고, 선생님 부모님 말 잘 듣고, 친구들 왕따 시키지 말고…… 그런 게 문학이잖아요?"

난 떡 때릴 때가 가장 행복해

나는 그만 허허허 웃어버렸다. 그러고는 승희한테 "네 말이 하나도 틀리지 않다" 하고 옹알이하듯이 말한 다음 물을 마셨다. 승희는 요즘 청소년들을 대상으로 써진 책들을 집중적으로 보고 있는데, 금세 멀미하듯이 지겨워지고 싫증이 난다고 했다. 어른들의 그 뻔한 장난질에 화가 난다고도 했다.

"그 어른들은 작가들이잖아요? 그럼 우리가 흔히 꼰대라고 하는 그런 어른하고는 달라야 하는 거 아닌가요? 예술가들도 다 꼰댄가요? 그렇담 예술이, 문학이 있을 필요가…… 제가 본 책들은 다 그래요. 문학이라는 것을 이용해서 청소년들에게 담배의 해로움을 계몽시키는 것, 문학이라는 것을 이용해서 엄마 아빠의 이혼이 좋지 않다는 것을 계몽하는 것, 성형이 좋지 않다는 것, 자살이 좋지 않다는 것, 다이어트가 좋지 않다는 거잖아요? 아주 교묘하게 문학이라는 탈을 쓰고 교화하려는 거지요. 그것이 더 비겁한 거 아닌가요? 솔직히 저는 작가들이 다 목사님인가 하는 생각이 들 정도예요. 아님 쯤 없는 교육자들! 전 글을 쓰는 작가가 되고 싶은데, 내가 이런 글을 써야 하나? 이게 예술인가? 그런 생각이 들어요."

인간이란 나이가 들어가면 저도 모르게 꼰대가 되어간다. 그건 예술가도 마찬가지다. 결국 예술가는 특히 청소년문학을 하는 예술가라면 자동차가 정기점검을 받듯이 일정한 시기마다 '내가 얼마큼 꼰대가 되었는지?' 냉정하게 체크해볼 필요가 있다. 나도 늘 그게 두렵다.

그러니까 청소년소설을 쓰는 작가라면 늘 덜 꼰대가 되려고 노력해야 한다. 조금이라도 다르게 보고 다르게 생각하려고, 그리고 아이들 이야기를 더 많이 들어주려고 해야 한다. 그래도 어쩔 수 없이 생기는 꼰대 성향을 다 막을 수는 없을 것이다. 그래서 문학 속에도 교육이나 계몽 같은 요소가 당연히 들어 있을 수밖에 없다. 어린이 청소년문학에서는 그런 부분이 더 강할 수밖에 없다. 하지만 나는 그런 교육적인 측면은 전체에서 아주 일부분이라고 생각한다. 그래서 난 교훈을 주기 위한 동화나 소설은 좋아하지 않는다.

청소년소설을 예로 들자면, 소설을 통해 청소년 흡연이 얼마나 좋지 않은가를 드러내는 식의 글은 내 취향이 아니다. 내가 흡연에 대한 글을 쓰면 좀 더 근원적인 문제를 파헤칠 것이다. 또한 흡연이 좋은 건 아니지만 때에 따라서는 그것이 얼마나 유용한지도 말해야 한다. 성형에 대해서도 마찬가지다. 어른들은 더 예뻐지기 위해서 성형하고 또 그런 문화가 만연해 있으면서 작가들이 그걸 나쁘다고 비판하는 거에 대해서 쉽게 수긍이 가지 않는다. 그것은 인간의 무한한 욕망이고, 그런 측면을 존중하면서 근원적인 비판을 해야 한다. 더 잘 살고, 더 예뻐지고, 더

난 떡 때릴 때가 가장 행복해

부자로 살아야 한다고 은연중에 가르치는 이 나라에서 성형이란 자연스러운 흐름이다. 그러니 도덕교과서 같은 비판을 해서는 안 된다. 진정한 작가라면 성형에 대한 글을 쓰면서 아름다움에 대해서 고민하는 아이들의 눈을 존중해주어야 하고, 아름다움에 대한 철학적인 고민을 해야 하는 것이다. 결국 아름다움이라는 것도 인간화가 빚어낸 것이기 때문이다. 결국 인간화는 끝이 없다. 인간이 망해야만 사라지는 것이다.

누군가는 내게 한 예술가의 몽상이라고 이야기할지 몰라도, 나는 예술이야말로 인간을 구원할 수 있는 마지막 구원투수라고 생각한다. 그렇다면 청소년문학도 좀 더 문학예술의 근원적인 측면에 대한 고민이 있어야 한다. 우리나라에서는 청소년문학이라는 장르가 생겨난 뒤로 청소년들의 세세한 삶을 다루는 소설이 많아졌다. 작가들이 어느 정도 청소년의 마음속으로 들어갔다는 뜻이기도 하다. 그런데 예전 소설보다 감동이 없다는 이야기도 많이 듣는다. 예전에도 청소년문학이라는 타이틀을 달지는 않았지만 청소년이 좋아하는 문학은 있었다. 그런 글들은 요즘 청소년소설처럼 청소년의 세세한 감정 표현을 하지 못했지만, 그들의 삶을 보다 폭넓게 잘 다루었다. 근데 요즘 청소년소설들은 청소년의 세세한 이야기는 많지만 그것이 너무 단편적이고 계몽적인 메시지가 강하다 보니 감동이 없다는 것이다. 그만큼 작가들이 문학예술의 근원으로부터 벗어나 있다는 뜻이기도 하다.

나는 승희한테 그런 문제점을 느꼈으면 오히려 더 과감하게 도전하라고 말했다.

"넌 다른 글을 쓰면 되는 거야. 선배들이, 어른들이 가지 않은 길을 가면 되는 것이지. 거듭 말하지만 난 예술이 아니라면 문학은 하지 않아. 문학을 통해 어떤 교육적인 것을 어린이나 청소년들에게 주는 거라면, 난 안 해. 내가 만든 이야기는, 내가 만든 세상은 아주 성스럽다고 생각해. 그건 내가 생각하는 나름대로의 세상이고, 판타지이고, 그래서 신중하게 쓰는 것이지. 내가 아는 작가지망생 중에는 일흔 살이 넘은 할머니가 계셔. 근데 문장만 보면 30대 여자들처럼 감각적인 부분이 있어. 그래서 내가 혹시 외계인이 아니냐고 물었더니, 그분이 진짜 아무개 별에서 왔다고 하더구나. 이렇게 글을 쓰려고 하는 것은, 머지않아 그 별로 돌아가야 하는데, 지구에서 자기만의 이야기 한 편을 들고 가고 싶대. 그러니까 자기를 도와달라는 거야.

난 그분이 쓰고자 하는 것이 문학예술이라고 생각해. 자신이 살아온 삶의 가치와 철학이 들어간 글, 인간만이 누리는 아름다움도 좋지만 다른 생명체들이 살아가는 가치에 대해서도 존중해주는 글, 더 늦게 오거나 더 힘들게 살아가는 것들의 마음속

이야기를 담아주는 글, 종교와 이념이 달라도 그들의 삶을 지지
해줄 수 있는 세상을 만드는 것. 그리고 청소년소설을 쓰는 작가
라면 적어도 청소년들의 이야기를 무조건 들어주고 지지해주어
야 한다는 것. 그런 작가가 난 예술가라고 생각해."

승희는 내 말을 듣고도 문학과 예술에 대해서 잘 모르겠다고
했다. 하지만 자신이 왜 그토록 글을 쓰고 싶어 하는지에 대해서
는 조금 알 것 같다고 했고, 나중에 그 이야기를 하겠다고 했다.
그렇게 말하는 승희의 얼굴이 조금은 편안해 보였다.

진짜 어른 되기는 틀렸다

눈이 내리는 오후에 녀석한테 연락이 왔다. 녀석은 대뜸 "샘, 오늘 시간 있으세요?" 하고 물었다. 어, 시간이라니? 나도 모르게 머리를 흔들면서 "너 어디냐?"고 물었더니 근처에 와 있다고 했다. 근처라니?

우리 집은 용인에 있는 산속 마을이다. 게다가 나는 녀석에게 우리 집 주소를 가르쳐준 적도 없다. 허, 이놈 봐라. 아직 방학할 때도 아니고, 게다가 휴일도 아니다. 녀석의 집은 충청도이고, 녀석이 다니는 학교는 어디 먼 곳에 있는 걸로 알고 있다. 그러니 녀석이 우리 집 근처에서 얼쩡거려서는 안 된다.

나는 다시 어디냐고 물었고, 녀석은 약간 히히히 웃으면서 소녀다운 낮고 가녀린 목소리를 보내왔다.

"진짜 샘네 동네 근처라니까요. 샘, 그냥 꿈꾼다고 생각하고 잠깐만 저 만나주세요. 저, 학교에서 무단이탈했어요. 안 그러면 미쳐버릴 것 같아서요. 이 전화 이제 꺼야 해요. 학교랑 집에서 저 찾으려고 빗발쳐요. 그냥 뛰쳐나와서 맘 가는 데로 왔는데, 여기네요. 샘, 나오실 거죠?"

나는 약간 당황하면서 녀석의 위치를 물었다. 녀석은 우리 집에서 30분 거리에 있는 시내에 있었다. 나는 부랴부랴 옷을 챙겨 입고 꽃잎처럼 쏟아지는 눈을 부담스럽게 쳐다보았다.

녀석은 내 오랜 말동무였다. 녀석은 초등학교 3학년 때 나한테 편지를 보냈다. 모든 글씨가 만취한 사람처럼 비틀거려서 도무지 알아볼 수가 없었다. 녀석은 어려서 외국에 나갔다가 들어왔기 때문에 한글을 잘 모른다고 하면서, 작가 선생님이랑 편지를 주고받으면 한글을 이해하고 글을 쓰는 데 도움이 될 것 같다고 엄마가 꼭 편지를 쓰라고 했다고 고백했다. 황당했으나 녀석의 솔직함을 믿고, 나도 솔직하게 답장을 했다. 네 글씨를 알아볼 수가 없어서 차라리 개나 새하고 이야기하는 편이 낫겠다고 했더니 놀랍게도 녀석한테 곧바로 답장이 왔다. 딱 두 줄.

고맙습니다.

샘 메일을 가르쳐주세요.

그때부터 녀석하고 말동무가 되었다. 녀석이 노력을 많이 했는지 아니면 언어를 받아들이는 능력이 탁월한 것인지 아니면 녀석의 엄마가 한글을 단시간에 깨우칠 수 있는 도사한테 끌고 갔는지 몰라도 금세 글이 늘었고, 몇 달 뒤에는 백일장대회에 나가서 상을 받았다는 자랑까지 늘어놓았다.

놀라운 일이었다. 그때부터 녀석은 우리나라 백일장이라는 백일장은 다 휩쓸고 다녔다. 내 기억으로 아마 수십 개 조금 과장한다면 수백 개쯤 쓸어 담지 않았을까.

'샘, 이번에 과학백일장 나가요.'

'샘, 이번에 영어백일장 나가요.'

'샘, 이번에 교육청 백일장 나가요.'

녀석은 거의 천재급이었다. 외국어 실력도 빼어나고, 수학도 빼어나고, 글도 잘 쓰고, 게다가 생각도 깊었다. 녀석이 초등학교 때 나하고 주고받은 메일을 본 아내는 "얘가, 초딩 맞아? 아닌 거 아냐? 아니, 어떻게 초딩이 이런 생각을 하고, 이런 철학적인 용어를 다 알아?" 하고 고개를 흔들었다. 사실 나도 녀석에게 그렇게 말한 적이 있었다. 그만큼 녀석은 생각이나 지식이 깊었다.

난 떵 때릴 때가 가장 행복해

솔직히 고백하자면 내가 부족했다. 어떤 철학적인 이야기를 할 때는 내가 전혀 모르는 이야기라서 그냥 얼버무리기도 했고, 자살이나 신자유주의에 대해서 이야기할 때도 그냥 다른 이야기를 둘러댄 적도 있다. 녀석은 거의 모든 분야에서 해박했고, 늘 나한테 말을 걸어왔다. 녀석이 자기 친구 이야기를 할 때는 영락없는 어린 소녀였으나, 다른 이야기를 할 때는 나보다 오래 산 사람 같은 느낌이 들었다.

어떨 때는 하루에 열 통이 넘는 메일을 보내기도 했고, 서너 달에 한 통 보내기도 했다. 녀석의 어머니는 일찌감치 딸에게 올 인해 당신의 생을 걸고 뒷바라지하고 있었고, 녀석은 기특하게도 그런 어미의 기운을 잘 받아내고 있었다. 녀석은 거침이 없었고, 녀석의 앞날은 탄탄해 보였다. 게다가 녀석은 생각까지도 건강해서 조금도 걱정이 되지 않았다. 녀석은 늘 자기 반에서 왕따 당하는 친구, 힘들게 사는 친구들 이야기를 했고, 심지어 우리 사회에서 힘들게 살아가는 사람들 이야기도 거침없이 해댔고, 이스라엘의 엄청난 박해를 받으면서 살아가는 팔레스타인 아이들까지 거론하면서 난민 돕기 기금을 내고 있을 정도였다. 그러니 녀석에게, 내가 멘토 역할을 한다는 생각을 해본 적이 없었고, 그저 들어준다는 생각만 했을 뿐이다.

중학교 땐가 한번은 이런 일이 있었다. 녀석이 장문의 메일을 보내왔다.

샘, 저 너무 속상하고 힘들어요. 오늘 저랑 가장 친한 친구들이 저를 힘들게 했어요. 저한테 "너는 공부밖에 모르는 욕심쟁이야! 왜 그렇게 아등바등 공부하니? 그렇게 공부해서 니가 원하는 민사고 가서 어쩔 건데? 그냥 여기서 고등학교 다녀도 너 정도 실력이면 충분히 서울대 가고도 남을 텐데……. 너 진짜 무섭다. 너랑 더 이상 친구 하기 두렵다……." 뭐 그러면서 쏘아대는데……. 샘, 너무너무 속상해요. 어제는 친척 언니가 비슷한 말을 했어요. 샘, 저는 그냥 그 학교 교육프로그램이 좋아서 가려고 하는 것이지, 제가 무슨…….

나는 그때도 별다른 말을 하지 않았다. 그냥 주위에 있는 사람들이 걱정돼서 하는 말이니까 신경 쓰지 말고, 열심히 공부해 원하는 학교에 가라고 했다. 내 주위에는 녀석이 희망하는 그 학교를 다니다가 적응하지 못해서 주저앉은 아이들이 여럿 있다. 나는 그 학교의 장단점을 제법 알고 있다. 그래도 녀석에게 말하지 않았다. 말할 필요가 없었다. 녀석이 가는 대로 믿고 지지해 주는 게 옳다고 생각했기 때문이다. 나는 늘 녀석에게 "니 생각이 옳다"고 말해왔다.

난 떡 때릴 때가 가장 행복해

결국 녀석은 우리나라에서 날고 긴다는 아이들만이 입학한다는 그 학교에 당당히 입성했고, 작년 한 해를 잘 버텼다. 그런데 갑자기 이렇게 나타난 것이다.

녀석은 수줍게 웃으면서 나를 맞이했다. 얼굴이 많이 야위었다. 얼마나 버티기 힘들었는지 한눈에 알 수 있었다. 밥부터 사주었다. 아무것도 묻지도 않고, 내 식대로, 따뜻한 국물 나오는 곳으로 갔다. 녀석은 말없이 밥을 먹었다. 그리고 밖으로 나오자마자 갑자기 울음보를 터트렸다.

나는 녀석이 딸보다 어렸기에, 아니 오랜 동무였기에, 녀석을 진심으로 안아줄 수 있었다. 그러고 나서야 물었다.

"자, 샘 나왔다. 이제 어쩔래?"

녀석은 눈물을 닦았고 우리는 근처 커피전문점으로 갔다. 그런 곳은 시끄럽다. 요란한 음악도 시끄럽고, 그 음악에 지지 않으려는 듯 목소리를 높이는 사람들도 시끄러워서 오히려 녀석이 말하기 편했다. 녀석은 더 이상 버티기 힘들다고 하면서, 이제 그만 나오고 싶다고, 평범한 학교로 가고 싶다고 했다. 주절주절 주절주절, 거의 두 시간이 넘도록 그동안의 생활을 풀어놓는데, 아이구우, 아이구우, 그저 한숨만 나왔다.

나는 이번에도 들어주기만 했다. 그리고 늘 하던 대로 "니 마음이 가는 대로 해라" 했더니, 녀석이 돌연 눈을 크게 뜨고는 따지듯 묻는다.

"샘은 왜 맨날 니 마음대로 해라, 그 말만 해요? 우리 엄마나 아빠처럼 좀 이렇게 해봐라. 저 오늘은 샘 말 듣고, 샘이 어떻게 조언해주기를 바라고, 그러고 왔는데…… 샘은 맨날, 니 맘대로, 니 맘대로…… 내 맘대로 어떻게 해요? 전 아직 어리고, 아무것도 선택할 수 있는 권한도 없고……."

어, 그렇게 노려보더니 또 울어댄다. 그래도 나는 "니 맘대로 해" 하고 말했다. 나는 그럴 수밖에 없다고 했다.

나도 사춘기 시절 녀석만큼이나 힘들었다. 생각하는 건 달라도, 공부를 잘하건 못하건 상관없이 힘든 건 마찬가지다. 내게는 주위에 아무도 없었다. 내 고민을 들어줄 부모님도 없었고, 친구도 없었고, 선생님도 없었고, 신도 없었다. 하도 버티기 힘들어서 교회당에도 가봤는데, 신을 모시는 그들도 나를 위로해주지 못했다. 그때 나는 죽고 싶었다.

다시 태어난다면 선생님이 되고 싶었다. 공부를 잘 가르치는 선생님이 아니라 나 같은 놈들에게 따스한 눈길 한 번 주고, 등을 어루만져줄 수 있는 그런 눈빛을 가진 어른이 되고 싶었다. 그것이 생의 목표였다.

나는 어찌어찌 살아서 대학까지 갔고, 문학을 하게 됐다. 그 뒤로 어린이와 청소년들이 보는 글을 쓰게 됐다. 선생님이 되고

난 떡 때릴 때가 가장 행복해

싫었으나 실패했고, 그래서 글 쓰는 이가 되어 녀석들의 말을 들어주고 싶었다. 녀석들의 등을 어루만져주고 싶었다.

"나는 그래서 니 말을 들어줄 수밖에 없어. 내가 너한테 뭐라고 말할 수 있겠니? 넌 지금까지 잘해왔고, 난 늘 너를 믿어. 너도 널 믿고 가면 돼. 자, 터미널까지 바래다줄 테니까 가고 싶은 대로, 맘 가는 대로 가. 가서 용기 있게 부딪혀. 니가 하고 싶은 대로."

나는 그 이상의 말은 할 수가 없었다. 녀석은 한참을 생각했고, 화장실에 다녀온 뒤에 누군가와 통화도 했다. 그런 다음 혼자 터미널에 가겠다고 했다.

나는 돌아서는 녀석을 부르려다가 호주머니에 든 지갑을 만지작거리면서 녀석에게 차비 있냐는 말 한마디 빠르게 물어보지 못한 이 어설픈 존재의 가슴을 내리쳤다.

'넌 진짜 어른이 되기는 틀렸다!'

3부

아이들의 해방구
분식집에서

　지방에 강연을 갔다가 도서관 관계자들이랑 학교 근처에 있는 분식집에 갔다. 관장님은 분식점 앞에서 걸음을 멈추고는 나한테 괜찮겠냐고 물었고, 강연 시간이 촉박해서 어쩔 수 없으니 양해해달라는 말을 몇 번이나 되풀이했다.

　나는 오랜만에 분식점에 간다는 생각에 오히려 신이 났다. 따지고 보면 미안한 것은 내 쪽이었다. 원래는 강연 두 시간 전에 만나서 점심을 같이 먹기로 했는데, 내가 그 약속을 지킬 수가 없었다. 강연 한 시간 전에 간신히 도착한 기였다. 강연장이 도서관 근처에 식당이 있다면 별 문제가 없었겠지만 이곳은 시 외곽이라서 구색을 갖춘 식당이라고는 그 꼴도 볼 수 없었다. 그래서 간단하게 빵으로 요기를 하려다가 도서관 직원의 입에서 이 분식점이 있다는 말이 튀어나왔고, 관장님은 괜찮겠냐고 내 의견을 물었고, 나는 망설임 없이 괜찮다는 사인을 보낸 것이다.

방학 때라서 텅 비어 있을 거라는 예상과는 달리 식당은 와글거리는 아이들의 이상한 열기로 가득 차 있었다. 어림잡아 칠순이 넘어 보이는 여자가 우리를 보고는 지금은 자리가 없다고 미안한 표정을 짓자마자 가장 구석지에 앉아 있던 학생들이 일어나는 게 보였다. 우리는 행여 그 자리를 다른 사람들에게 뺏길세라 아직 식탁 설거지도 되지 않았건만 그곳으로 돌진했다. 그곳에 앉자마자 묘하게도 편안한 안도감이 밀려왔다.

우리는 분식점에서 맛볼 수 있는 음식들을 최대한 다양하게 주문하고는 주위에 눈길을 돌리기 시작했다. 실내에는 어림잡아 20여 명의 아이들이 앉아서 수다를 떨면서 밥을 먹고 있었는데, 이상하게도 우리만이 전혀 다른 나라에서 온 이방인들 같았다. 벽이란 벽에는 아이들의 온갖 목소리가 가득 적혀 있었다. 나는 벽에서 꿈틀거릴 것 같은 낙서를 보다가 바로 옆에서 재잘거리는 아이들 목소리에 빠져들었다.

슬쩍 곁눈질했더니 네 명의 여학생들이 떡볶이를 먹고 있었다. 허스키한 목소리가 들렸다.

"야, 넌 아까부터 한 번 먹고 휴지로 입술 닦고, 한 번 먹고 입술 닦고 그러더니…… 이제 얼굴까지 신경 쓰냐? 지랄! 넌 신경 안 써도 예쁘잖아?"

"헐! 갑자기 소름 돋았다! 우리 엄마 아빠가 너로 변신해서 여기 나타난 줄 알았잖아!"

개중에 키가 가장 큰 여학생이 새침한 표정으로 쏘아대자 다른 학생들이 깔깔깔 웃어댔다. 친구들 웃음이 가라앉기를 기다렸다가 그 여학생이 다시 말을 이어갔다.

"우리 엄마 아빠가 맨날 하는 소리잖아? 넌 외모에 전혀 신경 쓰지 않아도 예쁘다. 넌 옷을 아무렇게나 입어도 예쁘다. 넌 전혀 화장하지 않아도 예쁘다. 내가 옷만 사달라고 해도 그렇고, 얼굴에다 화장을 조금만 해도 그렇고, 심지어 내가 거울만 봐도 우리 아빠는 그러신다. 지겨워. 짜증나!"

그러자 목소리가 허스키한 여학생이 바로 꼬리를 내렸다.

"아, 쏘리! 쓰미마생! 미안! 그렇다고 그걸 바로 그렇게 연결시키냐? 그냥 떡볶이 먹을 땐 열라 먹는 데만 집중하자 이거지! 그리고 말이야, 바른말이지, 니가 우리 중에서는 가장 인기 있잖아?"

그 말이 끝나자 키가 큰 여학생은 작은 손거울을 꺼내 보면서 일부러 우아한 표정을 지어 보였고, 다른 친구들은 "저러니,

추켜세워 줄 수가 없다니깐!" 하고는 불만 가득한 눈빛을 퍼부었다. 그러거나 말거나 키가 큰 여학생은 자기 얼굴을 이리저리 돌리면서 코는 이만하면 됐고, 눈도 괜찮은데, 이마가 너무 넓은 게 흠이라고 하면서 고등학교만 졸업하면 알바를 해서 꼭 이마에다 머리를 심겠다고 중얼거렸다. 엄마 아빠가 반대해도 그것만큼은 꼭 쟁취하겠다고 주먹을 쥐어 보이기도 했다. 그런 그녀의 표정을 보건대, 이마에다 머리카락을 심는 문제로 부모님이랑 수차례 격전을 치렀다는 것을 예측할 수 있었고, 그 결과 역시 참담한 패배였다는 사실을 알 수 있었다.

키가 큰 여학생이 자신의 넓은 이마에 대한 이야기를 하자 다른 학생들이 그 심정을 이해한다는 표정으로 바라다보았고, 혹시 부모님이 돈 때문에 그러시는 거냐고 물었다. 키가 큰 여학생은 한동안 입을 열지 않았다가 약간 쓸쓸한 눈빛으로 친구들을 보았다. 물론 돈 문제도 있을 터이지만 그것보다는 가치관 차이가 크다고 했다. 부모님은 넓은 이마야말로 아빠 집안의 핏줄임을 알 수 있는 증표라고 하면서, 특히 이마가 툭 튀어나왔기 때문에 넓어도 아주 예쁜 형태임을 강조하면서 절대 안 된다고 했다는 것이다.

"솔직히 난 이마에 대한 콤플렉스가 있어. 우리 엄만 내 짱구이마가 개성 있고 예쁘다고 하지만 난 싫어. 난 이것 때문에 얼마나 앞머리에 신경 쓰는지 몰라. 앞머리로 이마를 가려서 좁게 보이게 하려고."

그 반대편에 앉아 있던 빨간 테 안경을 쓴 여학생이 바로 입을 열었다. 그녀는 자기도 고등학교를 졸업하자마자 콧대 높이는 수술을 할 거라면서 입술을 살짝 깨물었다. 물론 부모님께 그 말을 했다가 귀가 폭파될 정도로 잔소리를 들었다고 하면서 어른들한테는 이런 말을 해봤자 아무런 소용이 없음을 알아야 한다고 했다. 다른 학생들도 동조했다. 그 옆에 앉은 학생도 성형을 할 것이라 했고, 그 앞에 앉은 학생도 마찬가지였다.

다시 빨간 테 안경을 쓴 여학생이 모두를 쳐다보았다.

"나도 그 말이 듣기 싫어. '니들만 할 때는 아무렇게 입고 다녀도 다 예뻐 보인다'는 말. 어른들은 버릇처럼 그렇게 말하잖아? 특히 난 옷에 신경 쓰는 편인데, 그것은 표정도 어두운 편이고, 얼굴도 까만 편이라서 일부러 옷을 밝게 입으려고 하고 신경 쓰는 편이야. 근데 부모님은 사사건건 간섭에 잔소리야. 아니, 진짜 아무렇게나 입어도 다 예뻐 보이는지 물어보고 싶어. 어른들 눈으로는 그렇게 볼 수 있겠지. 어른들은 우리를 눈으로 보는 게 아니라 다 딸처럼 보잖아? 그러니 진짜 아무렇게나 입어도 예뻐 보일 수 있겠지? 근데 그건 그분들 눈이잖아? 우리 또래들이 보는 눈이 아니잖아? 당장 내가 아무렇게 입으면 니들부터 그러잖아? 야, 옷 좀 신경 써라. 그게 현실이야. 근데 어른들은 전혀 비현실적인 말을 하면서…… 에이, 졸라 짜증나네! 자꾸 자기들 말을 들으라고, 그게 옳다고 하잖아!"

그때부터 갑자기 어른들 성토장이 돼버렸다. 개중에 가장 뚱뚱한 여학생은 부모님이 다이어트를 하려고만 하면 괜찮다, 괜찮다, 나중에 다 살이 키로 간다면서 잔소리를 해댄다고 했다. 거기까지는 참겠는데 이웃에 사는 무슨 교육학과 교수님까지 끌어들여서 조금 뚱뚱하면 어떠냐고 개성이 중요하다고 하면서, 당신은 뚱뚱한 여학생들이 오히려 더 예뻐 보인다는 말을 할 때는 진짜 뚜껑이 열리는 것 같다고 격하게 반응했다. 그 교수님이 부모님한테 물려받은 성스러운 몸을 함부로 뜯어고치는 것은 불행한 일이라고 할 때는, 아 설교 좀 그만하시라고 소리치고 싶은 걸 간신히 참았다면서 마구 고개를 흔들어댔다.

"아니, 그럼 지들이 어른 행세하지 말고 우리가 돼서 살아보라고 해! 그런 인간들한테는 타임머신 같은 거 있다면, 당장 거기에 태워서 청소년기로 보내버려야 해. 그래도 그런 말이 나오나 보라지."

여학생들은 때로는 깔깔깔 지나치게 높은 톤으로 웃어대기도 했고, 때로는 듣는 내가 민망할 정도로 심한 욕설을 섞어가면서 어른들을 비난하기도 했다. 그런데도 그녀들은 전혀 주위를 의식하지 않았다. 가끔 나와 우리 일행들이랑 눈이 마주쳤는데도 그녀들의 분위기는 전혀 꺾이지 않았다.

우리는 숨죽이면서 그녀들의 이야기를 듣기만 했다. 어쩌면 이 분식집이 학생들의 해방구일지도 모른다는 생각이 들었다. 이곳에서는 그 어떤 욕설을 해도, 그 어떤 말을 해도 아무런 문제가 되지 않는 학생들만의 치외법권 지역일지도 모른다.

그녀들은 우리 식탁에 군침 돌게 하는 음식들이 놓일 무렵 자리를 떴다. 점점 주위는 조용해졌다. 한참 뒤에 고개를 돌려보니 실내에는 우리만 앉아 있었다.

나보다 몇 살 아래인 관장님이 슬그머니 말했다.

"아이고, 저 학생들 얘기 듣다 보니…… 나도 우리 딸한테 버릇처럼 하는 말이 '넌 아무렇게나 하고 다녀도 예뻐. 너희들만 할 때는 얼굴에서 빛이 날 때야. 아름다운 봄 같은 때라고 보면 돼' 하는 말을 자주 했는데…… 뜨끔하네요. 애가 속으로 뭐라 했을지. 전 그게 진심이지만, 저 아이들 말을 듣고 보니 해서는 안 될 말 같네요."

그러면서 관장님이 나를 보고는 요즘 작가들도 청소년들 성형에 대한 소재로 글을 많이 쓰는 것 같은데, 작가님은 그것에 대해서 어떻게 생각하느냐고 슬쩍 물었다. 나는 급하게 목구멍으로 밀어 넣은 떡볶이 때문에 재채기를 한바탕 해대고 연달아

물을 두 잔이나 마신 다음에야 대답했다.

"저도 원칙적으로야 부모님이 물려준 몸을 소중히 생각하는 사람이지요. 하지만 요즘 성형은 좀 다른 것 같아요. 가령 제 주위에 어떤 학생이 있는데, 녀석은 턱이 뾰족해서 그것 때문에 스트레스를 엄청 받았고 자신감도 없어 했는데, 수술을 통해 얼굴이 달라지자 아주 자신감을 갖고 살아가거든요. 또 다른 녀석은 중학교 때부터 콧대 높이는 수술해달라고 야단이었어요."

그 아이는 가깝게 지내는 후배 작가의 딸이었는데, 내가 보기에도 그리 밉상인 코는 아니었다. 본인은 콧대가 낮다고 하지만 내가 보기에는 그 부분을 신경 써서 봐야만 '아, 코가 좀 낮긴 하구나!' 하고 느낄 정도라고나 할까. 그러니 녀석의 부모가 동의할 리가 없었다. 후배 작가는 그 문제로 나한테 몇 번이나 하소연을 했고, 결국은 부모가 자식을 못 이긴다는 속담을 들먹이면서 겨울방학 때 콧대 높이는 수술을 해줬다. 후배 작가의 눈에는 수술 전이나 별로 달라진 게 없었지만, 정작 당사자인 딸은 아주 만족도가 높았다.

후배 작가는 그런 딸을 이해할 수 없었다. 그러자 딸이 이렇게 말했다.

"엄마 고마워! 이제 더 이상 어디 고쳐달라고 하지 않을게. 엄마가 보기에는 이해가 되지 않겠지만…… 중학교 때 사귄 남친도 코가 잘생겼는데, 걔랑 만나기만 하면 내 코가 생각나서 위축되고…… 게다가 친한 친구들도 다 코가 잘생겼는데, 내 코만…… 유치해 보일지 모르겠지만 난 그게 콤플렉스였어. 근데 코 수술하고 나서 길거리에서 모르는 아줌마한테 '야, 너 코가 정말 예쁘다!' 하는 말도 들었고…… 그 말 듣고 정말 좋았어. 엄마, 이해해줘. 그건 논리적으론 설명 못해. 그냥 그런 거야! 우리 또래만이 갖는 감정이라구!"

그 말을 듣고서야 후배 작가는 딸한테 콧대 높이는 수술을 잘해줬구나 하는 생각을 했다. 그러면서 요즘 딸이 아주 밝게 살아간다고 덧붙였다.

나는 그런 이야기를 관장님에게 해주었다.

관장님도 그런 사례를 많이 보았다고 했지만, 그럼에도 불구하고 성형에 대해서 대놓고 나쁘지 않은 것이라고 말하기란 어렵지 않겠냐고 되물었다. 이제 성형외과는 연예인들만이 출입하는 곳이 아니라 평범한 사람들이 동네 의원 찾아가듯이 들락거리는 곳이거늘, 아이들에게 성형이 나쁘다고 가르친다고 한들 어디 듣겠는가. 오히려 외모가 최고인 것처럼 몰아가고 있는 우리 어른들의 잘못이 크지 않을까?

관장님은 자기 자신에게 말을 하듯이 그렇게 물음표를 날리고는 물을 마셨다.

갑자기 얼마 전에 만났던 대학 친구가 떠올랐다. 모 기업에 다니는 그는 술이 한잔 들어가자 자기도 모르게 신입사원 면접장에서 있었던 일을 털어놓았다.

"나도 자식을 키우는 부모라서 그러지 않으려고 해도, 막상 면접장에 들어가면 그렇게 돼. 필기점수가 비슷하다면 조금 더 예쁘고, 잘생긴 사람한테 면접점수를 더 주게 되더라. 나도 모르게 그렇게 돼. 못생긴 여자보다는 예쁜 여자 쪽으로 눈이 더 가는 게 당연하잖아? 그게 인간 아니냐?"

내가 그 이야기를 끄집어내는데, 언제 들어왔는지 모르겠지만 한 무리의 여학생들이 옆쪽에 앉아서 우리의 이야기를 듣고 있었다. 그녀들은 한마디 말이 없었다. 그렇다는 것은 모두들 내 이야기에 귀를 기울이고 있었다는 뜻이다. 순간 이상하게도 얼굴이 달아올랐다. 나는 더 이상 떡볶이를 삼킬 수가 없었다. 관장님에게 일어나야겠다고 눈짓하면서 도망치듯이 그곳을 빠져나왔다.

맘대로 사랑해라!

"여보세요. 선생님, 저 민인데…… 기억하시죠? 초등학교 때는 선생님한테 편지도 자주 썼는데, 이상하게도 중학교 가니까 쉽지 않더라고요. 죄송해요. 그래도 가끔씩 선생님 생각을 했어요. 요 며칠간 공부도 되지 않고 너무 머리가 아파서 막 싸돌아다니는데 이상하게도 선생님 생각이 났어요. 그래서 핸드폰 주소를 찾아봤더니 선생님 전화번호가 있더라고요. 선생님, 저도 제가 왜 선생님한테 전화를 드렸는지 모르겠어요. 그냥, 누군가에게 말하고 싶었던 것 같아요."

오랜만에 입과 코를 마스크에서 해방시키며 걸을 수 있을 정도로 미세먼지 상태가 좋은 날이었다. 나는 마당으로 나가서 봐도 봐도 질리지 않는 작은 풀꽃과 그 사이 사이에 매달린 풀꽃을 찾아다니다가 민이의 전화를 받았다. 민이 엄마인 K작가하고는 20년이 넘도록 가깝게 지내는 사이였는지라 그녀의 남편을 비롯해 아이들도 잘 알고 있었다. 특히 민이는 초등학교 때만 해도 작가가 되겠다면서 나한테 많은 편지를 했던 아이였다.

민이는 저녁 때 잠깐 만나 뵐 수 있냐고 물었다.

나는 맛있는 걸 사주겠다고 약속했다.

약속 장소는 시내 주상복합빌딩 2층에 있는 떡볶이 전문점이었다. 그곳으로 들어서자 민이가 창가에서 손을 흔들었다. 민이는 일어나서 이렇게 시간을 내줘서 고맙다는 말을 두 번이나 연달아 했다. 나는 그런 민이에게 오히려 내가 이렇게 특별한 데이트를 할 수 있게 되어서 고맙다고 했다.

이런 곳에 왔으니 아이들 입맛 그대로 한번 쫓아가보고 싶었다. 나는 매운 떡볶이를 먹다가 재채기를 해대고는 빤히 쳐다보는 민이의 눈길이 느껴져서 "참 올해 고3이잖아? 세상에서 가장 무섭다는 그 공포의 고3! 세상에서 가장 바쁘다는 그 고3!" 하고 농담을 했다. 민이는 손으로 입을 가리고 호호호 웃더니 갑자기 "선생님은 언제 첫사랑을 해보셨어요?" 하고 물었다. 민이는 그렇게 물어놓고는 내가 대답할 틈을 주지 않았다.

"설마 지금 사모님이 첫사랑인 건 아니겠죠, 우리 엄마처럼요. 헤헤헤, 오늘 선생님을 뵙자고 한 것은요, 실은 선생님한테 상담 좀 하려고…… 연애 상담요……."

나는 빙그레 웃으면서 그런 것은 연예박사들이 해야 하는 거잖아, 하고 민이를 쳐다보았다. 민이는 그런 내 눈길을 살짝 다른 곳으로 피하고는

"선생님이 청소년들 관련된 글을 쓰시기 때문에 제 얘기를 하고 싶었던 것은 아닙니다. 오히려 그것 땜에 더 부담스러웠어요. 전 그냥 한때 제가 친구처럼 편지를 썼던 어떤 존재한테 상상의 세계에 있는 어떤 존재한테 말하듯이, 그냥 제 맘을 풀어놓고 싶었어요. 제가 초딩 때 선생님한테 편지 쓸 때 맘이 그랬거든요."

그렇게 말하자, 민이가 보냈던 편지들이 떠올랐다. 초등학교 4학년부터 6학년까지 녀석은 무시로 편지를 보내왔는데, 벌써부터 버킷리스트를 작성한다는 둥, 왜 사람은 성장하면서 꿈이 달라지냐는 둥, 나이에 맞지 않을 정도로 성숙한 점이 많아서 나를 놀라게 했다.

민이는 동갑나기 남자아이를 사랑하고 있었다. 그 눈빛은 아득히 먼 곳으로 날아가고 있었는데 아마도 시공간을 초월해 사랑하는 사람이랑 접선을 하는 것 같았다.

"뭐 그렇다고 우리가 뽀뽀 한 번 해본 것도 아니지만요, 아시죠? 꼭 그런 거 하지 않았어도 사랑한다고 할 수 있다는 거요. 가끔씩 보고 싶을 때면 막 배고픈 허기처럼 참지 못하고 교실을 뛰쳐나가고 싶을 정도로 보고 싶고 그립고, 전 그런 게 사랑하는 거라고 생각하는데, 어른들이 생각하는 거랑 어떨지 그건 모르겠어요."

나는 사람에 따라서 사랑이라는 것을 느끼는 감정이 다르겠지만, 그 느낌은 결국 같을 것이라고 말했다. 그러면서 네가 느끼는 감정이 가장 정확할 것이라고 고개를 끄덕여주었다.

민이는 1년째 남친이랑 연애를 하는 중이라고 했다. 남친은 이과생이고 자신이랑 성격도 다르지만 만나갈수록 편하고 좋았다. 처음에는 자신이 원하는 스타일이 아니라서 몇 번 만나고 그만두려고 했는데, 만나면 만날수록 신비롭게도 그의 새로운 모습이 보여서 자기도 모르게 반해버렸다. 첫인상으로는 그 누구에게도 호감을 주지 못할 것 같은 얼굴이 보면 볼수록 순해 보이고, 못생긴 듯한 얼굴도 큰 키 때문인지 몰라도 헤어스타일을 조금만 달리해도 전혀 다른 사람으로 변신했다. 무엇보다도 그는 허세가 없으며 진실했다. 가끔씩 푼수처럼 실없는 농담도 할 줄 알고, 아무 거나 잘 먹는 것도 마음에 들었다. 그는 노래도 잘하는데, 힘들 때 그가 기타 치면서 불러주는 노래를 듣고 나면 꿈을 꾼 것처럼 마음이 편안해졌다.

"딱 한 가지 아쉬운 점이 있다면 공부를 못해요. 그래서 저도 만날 때마다 공부 좀 해, 공부 좀…… 하고 본의 아니게 잔소리를 하게 되는데, 걔는 가만히 듣고만 있어요. 그리고 이렇게 아이처럼 말해요. 우리 엄마가 그렇게 말할 때는 진짜 잔소리로 들리는데, 네가 말할 때는 그렇지 않아, 하고요. 그럼 할 말이 없어져요. 걔만 만나면 저는 무장해제 되는 것 같아요."

"이야, 누군지 몰라도 대단한 놈이네. 내가 보지는 않았지만 괜찮은 놈 같은데……."

나는 일부러 약간 놀리듯이 실웃음을 지었다.

민이는 일부러 말하는 템포를 조절하면서 자신이 뱉어야 할 말을 다시금 생각하는 모양이었다.

"근데 엄마가 그만 만나래요!"

어느새 민이의 표정은 창백하게 변해 있었다. 마치 다른 사람 같았다.

"첨에는 제가 알아서 하겠다고 했더니, 엄마가 피식 웃더라고요. 때론 엄마 말을 듣는 게 현명할 때가 있다고 하는데, 그 눈빛이 '딸아, 이번만큼은 엄마 말대로 하자!' 하는 강한 메시지가 들어 있더라고요. 엄마가 그러더라고요. 걔 그만 만나고, 나중에 대학 가서 연애하라고요. 걔는 공부도 못하고 해서 저한테 방해만 된다고요. 그래서 걔랑 헤어지고 공부 열심히 해서 대학에 간 다음, 다른 남친을 만나라 그런 뜻이었어요."

"네 맘은 어떤데?"

"잘 모르겠어요. 그래도 엄마한테 그러겠다고 할 수는 없었고 그냥 알았다고만 했어요. 그때부터 엄마가 날마다 그걸 말하고, 그래도 제가 미적거리자 구체적인 날짜를 통보하면서 그때까지 정리하라고 하는 거예요. 그래도 제가 정리를 하지 못하자 '너 왜 이렇게 말귀를 못 알아듣니?' 하고 조목조목 왜 지금 남친을 만나면 안 되는지, 이야기하는데 할 말이 없더라고요."

"그럼 그렇게 하면 되겠네!"

내가 너무 쉽게 말을 하자 민이는 잠깐 알듯 모를 듯한 미소를 짓고는 다시 깊은 숨을 내뱉었다. 점점 민이의 눈빛이 무거워지는 것 같았다.

"그래서 실제로 한 달 정도 걔랑 만나지 않았어요. 핑계 같지만 엄마가 하도 강하게 말하고 해서 진짜 독하게 맘먹었죠. 걔가 전화를 해도 안 받고, 학원 앞에서 기다리는 걔를 피해도 다녔어요. 한 2주 정도 지나니까 걔가 기다리지도 않고 전화도 오지 않았는데, 그때부터 제가 초조해지고 불안해지고 시도 때도 없이 걔가 떠오르고 그러더라고요. 혹시 걔가 엉뚱한 생각을 하는 건 아닐까? 어디로 가버린 건 아닐까? 학교 잘 다니고 있을까? 걔가 얼마나 힘들어할까? 날 얼마나 미워할까? 아 그러면서 걔가 보고 싶어지는데, 진짜 미칠 것 같아서 어제는 걔 집 앞에서 몰래 기다리다가 봤는데…… 선생님, 갑자기 눈물이 나려고 하는 거 있죠? 이게 뭐죠? 선생님, 제가 진짜 걔를 좋아하는 건가요? 그럼 어쩌죠? 걔를 다시 만나겠다고 하면 엄마가 난리를 칠 텐데. 아마 걔한테 찾아가서 우리 딸을 그만 만나라고 할 테고……. 우리 엄만 한 번 작정하면 절대 안 물러나거든요."

나도 K작가의 성격을 어느 정도 알고 있었기 때문에 "우리 엄만 한 번 작정하면 절대 안 물러나거든요" 하는 민이의 목소리가 귀에서 자꾸만 맴돌이쳤다. 특히 외동딸이라서 K작가가 딸을 대하는 태도는 사뭇 달랐다. 이런 경우 민이가 엄마의 뜻을 거스르기란 쉽지 않다는 것을 인정하지 않을 수 없었다. 그렇다고 내가 따로 K작가를 만나서 민이에 대한 이야기를 이러쿵저러쿵한다는 것도 이치에 맞지 않다고 판단했다. 나도 모르게 민이처럼 잠시 눈을 감았고, 가슴 저 깊은 곳에 고여 있는 숨을 끄집어내서 몇 번이나 내쉰 다음에야 민이를 쳐다볼 수 있었다.

"난 고등학교 때 너처럼 연애를 해본 적은 없지만, 대신 먼 곳에 있는 어떤 여학생이랑 펜팔을 했단다. 나한테는 그 편지가 유일한 숨구멍이었어. 하루 종일 학교에서 시달리다가 집에 오면 그녀에게서 온 편지가 기다리고 있었지. 난 그 편지를 읽고 또

읽으면서 답장을 썼고, 그렇게 편지를 쓰고 기다리는 힘으로 하루하루를 견뎌나갔지. 근데 말이야, 너처럼 고3이 되니까 그 편지가 딱 끊어지더라! 아, 그때 엄청 힘들었어. 갑자기 숨구멍이 사라져버린 셈이니까! 진짜 힘들었어. 하루하루 부치지 않을 편지를 쓰면서 버티었지. 그러다가 세월이 흘러서 쉰 살이 되었을 무렵에 그녀를 만났단다. 그때 왜 편지를 끊었냐고 물었더니, 너처럼 엄마가 끊으라고 했대. 고3이니까! 아, 근데 그걸 많이 후회하더라고. 그까짓 편지를 쓴다고 시간을 많이 뺏는 것도 아닌데, 돌이켜보면 엄마의 말을 거역할 수 없어서 그런 것이지만 아쉽다고 하더라. 다시 돌아간다면 그렇게 하지 않을 거라면서."

나는 거기까지 말을 하고는 다시금 깊은 숨을 내쉬었다. 더 이상 덧붙이지 않아도 민이가 내 맘을 알 것이라고 생각했다.

그로부터 한 달쯤 지났을까.

이번에는 K작가한테 전화가 왔다. K작가는 대뜸 당신의 딸 이야기부터 끄집어냈다.

"아이고, 요즘 민이 때문에 골치가 아파요. 민이가 어떤 놈한테 푹 빠져서 아무리 말을 해도 못 알아들으니! 고3 때는 사실상 봄에 모든 것이 결정된다고 하던데, 도대체 민이를 어째야 할지 모르겠어요."

K작가가 한숨을 푹푹 내쉴 때마다 묘하게도 웃음이 나오려고 했다. 그러다가 K작가가 오늘밤에 시간 좀 내달라고 했을 때는 어디론가 도망을 치고 싶었다. 도대체 무슨 말로 K작가를 달래 줘야 할지 암담했다.

우리 딸에게 이런 일이 일어날 줄은
상상도 못했어요

갑자기 후배한테서 연락이 왔다. 그는 다짜고짜 오늘밤 시간
좀 내달라고 했다. 내가 이유를 묻자 만나서 이야기를 하겠다고
만 하니, 알았다고 대답할 수밖에 없었다. 그는 대학교수에다 물
려받은 유산까지 넉넉한 편이라 먹고 사는 문제로 고민하지는
않았다. 아내랑 무슨 갈등이 있다는 말도 전혀 듣지 못했고, 아
이들도 공부를 잘한다고 들었기 때문에 집안도 화목하다고 생
각했다. 그럼 대체 무슨 일일까.

그는 나를 보자 애써 웃어 보이려고 했으나 의지대로 웃음이
나타나지 않았다. 나랑 두 살 차이라지만 평소 때는 한 10년은

난 떡 때릴 때가 가장 행복해

어려 보일 정도로 동안이었던 그의 얼굴이 나보다 더 나이 들어 보인다는 생각까지 들었다. 그래서 나는 저녁을 먹으면서도 그에게 다그쳐서 묻지 않았다. 나는 술을 마시지 못하기 때문에 혼자 술잔을 비우는 그에게 미안했고, 그래서 그가 술잔을 비울 때마다 재빠르게 술잔을 채워주려고 했을 뿐이다.

그는 소주 한 병 비우고 나서야 나를 똑바로 보았다.

"형, 정말 저한테 이런 일이 일어나리라고는 상상도 못했습니다."

여전히 무슨 말인지 알 수 없었다.

그는 누군가랑 통화한 다음 다시 자리로 돌아왔다. 그 누군가란 아마도 그의 아내 같았다.

"형, 진짜 멘붕이네요!"

"대체 무슨 일인데 그래?"

그는 나를 보고 쓸쓸하게 웃더니 더욱 목소리를 낮췄다.

"의대 간다고 할 정도로 공부도 잘하고 너무 범생이라 걱정이 될 정도였는데⋯⋯."

그는 다시 술잔을 비웠고, 나는 술잔이 넘치도록 술을 따라주었다.

"형, 우리 큰애 시민이가 임신을 했어요. 지금 임신 6개월이랍니다!"

그는 그렇게 말해놓고도 믿어지지 않는다는 표정으로 고개를 흔들었다.

충격적인 이야기였다. 만약 내가 그 상황이라면 아무도 만나지 못할 것만 같았다.

"그 사실을 알고는 한동안 제가 꿈을 꾸는가 하는 생각이 들었고……."

나 역시 딸을 키우고 있는데, 솔직히 말하자면 나도 그런 상황이라면 그와 똑같은 심정일 것이라고 덧붙였다.

그는 딸에게 배신감 같은 것을 느낀다고 했다.

"두 놈이 같이 찾아왔더라고요. 지민이 남친이라는 놈. 형, 그 놈을 보는 순간 나도 모르게 그만 귀싸대기를 날려버렸어요. 진짜 죽이고 싶더라고요. 전 군대서도 누군가를 때려본 적이 없는데요, 그때는 정말……."

그러면서 어떻게 해야 할지 모르겠다고 괴로워했다. 지민이랑 그 남자 아이는 아이를 낳겠다고 했다는 것이다. 양측 부모가 동의한다면 자신들이 그 아이를 키우겠다는 말까지 했다고 하면서 그는 어처구니없다는 표정을 지었다.

"이제 고 2인데 어떻게? 그랬더니 그놈들이 고등학교만 졸업하면 알바하면서 키우겠다고. 아, 참 그게 말이 되나요? 이런 미친놈들이……. 지금 아내는 완전히 패닉이고, 그렇다고 그놈들을 패죽일 수도 없고, 그 남자 놈은 자기 부모님한테는 아직 말도 안 했다고 하더라고요. 이걸 대체 어째야 하나, 하다가 형이 떠올라서……. 이걸 대체 어째야 하나요?"

나는 할 말이 없었다. 뭐라 말을 해줘야 하나? 낙태를 하라고 해야 하나, 아니면 아이를 낳아야 한다고 해야 하나? 우리 딸이라면 어떻게 했을까, 하고 생각을 집중해보려고 해도 잘 되지 않았다.

그때 아련하게 떠오르는 얼굴이 하나 있었다. 미애라는 여자아이였는데, 키가 크고 실핏줄이 다 드러날 정도로 하얀 얼굴의 여자였다. 미애는 내 친구를 따라서 자취방에 몇 번 놀러 왔지만 특별히 그 애에 대해서는 아는 게 없었다. 그런데 고3 여름방학이 끝나갈 무렵 미애가 자취방으로 들이닥쳤다.

나는 무지무지 당황스럽고 어처구니없다는 표정을 숨기지 않으면서 왜 왔냐고 최대한 퉁명스럽게 물었다. 미애는 자신이 못 올 곳에 왔냐고 오히려 뻔뻔하게 받아치고는 라면 좀 끓여달라고 소리쳤다. 나는 그 서슬에 놀라 라면을 끓여다주면서 내 친구랑 싸웠나 보구나, 하고 단순하게 생각을 몰아가려고 했다.

미애는 라면을 한마디 말도 없이 후루룩후루룩 단숨에 먹어치우고는, 단 1밀리미터도 움직이지 않은 채 뒤로 발라당 누워서 입을 헤벌리고는 곯아떨어졌다. 모든 것을 무장해제한 상태였다. 그 황당함에, 그 당돌함에, 아니 그 엉뚱함에 나는 더욱 당황할 수밖에 없었다.

그렇게 얼마나 지났을까. 미애가 눈을 뜨더니 입가로 흐른 침을 닦고는 그제야 라면 끓여줘서 고맙다고 했다. 나는 미애를 똑바로 쳐다보지 못한 채로 말했다.

"싸웠냐?"

미애는 내 말을 못 들은 것처럼 무시해버렸다. 그러자 더욱 할 말이 없었다. 미애는 한동안 자취방을 두리번거리더니, 나한테 가까이 오라고 했다. 내가 엉거주춤 다가가자 부탁이 있어서 왔다고 했다. 나는 침을 꼴깍 삼켰다.

"꼭 들어줘야 해. 나 여기 쉽게 온 거 아냐. 나, 진짜 죽을까도 생각했어. 그러다가 너한테 온 거야. 그러니까……."

순간 미애가 외계인처럼 느껴졌다. 도무지 내가 받아들일 수 없는 말을 연달아 뱉어내고 있었기 때문이다. 미애의 입에서 "나, 임신했어"라는 말이 나오는 순간에는 비명이라도 지르면서 달아나고 싶었다.

"그래서, 그래서, 그래서 말인데 병원 좀 같이 가줘. 혼자서는 도저히 못 가겠어. 낙태할 거거든. 그래서 온 거야."

갑자기 끈적끈적한 미애의 손이 내 몸에 달라붙는 기분이었다. 나도 모르게 몸을 뒤로 젖히면서, 내가 왜 너랑 같이 가야 하냐고 소리쳤다.

"난 네 손 한 번 잡아보지도 않았다. 철민이랑 같이 가야지."

"철민이 개새끼, 그 새끼 도망쳤어. 내가 임신했다고 하자마
자…… 개새끼 내가 쫓아가서, 지옥까지라도 쫓아가서 잡아서
죽여버릴 거야. 가만 안 둘 거야!"

미애의 눈빛은 분노에 차 있었다. 나는 그런 미애가 무서웠고,
그들 문제에 개입하고 싶지 않았다. 그래서 고개를 흔들어대다
가 왜 하필이면 나한테 도움을 청하는 거냐고 물었다. 우리는 친
한 사이도 아니고, 단 한 번이라도 둘이 이야기를 나눈 적도 없
지 않느냐고 되물었다. 그러자 미애가 잠시 눈을 감았다 뜨고는
내 책상 위에 있는 원고지들을 손짓했다.

"넌 작가가 될 거잖아? 그래서…… 넌 내 부탁을 들어줄 거라
고 생각했어."

그 말을 듣자마자 이상하게도 내 가슴속에서 뭔가 따스한 물
이 흘러내리는 것 같았다. 당시 나는 성적도 거의 바닥이었고,
대학도 포기한 상태였고, 그야말로 그 누구에게도 나라는 존재
에 대해서 인정을 받아본 적이 없는 상태였다. 그런데 미애가 나
한테 "넌 작가가 될 거잖아?" 하고 말하자, 그 애가 나를 유심히
지켜보았다는 것을 알았고, 내 가슴속에 웅크리고 있던 오래된
외로움이 녹아내렸다.

그로부터 사흘 뒤, 저녁 시간이었다.

나는 미애를 따라서 어느 산부인과로 갔다. 미애는 병원 앞에서 걸음을 멈추고는 "잠시만……" 하고 앉아서 묵상을 하듯이 눈을 감았다. 그리고 눈을 뜨더니 곧장 병원으로 질러갔다. 한 치의 망설임도 없었다.

그 모든 과정을 미애가 다 감당했다.

나는 벌벌 떨면서 간호사들이 쳐다볼 때마다 눈길을 돌리고 외면했을 뿐이다. 그리고 3층 회복실에 혼자 누워 있는 미애를 보았다. 그때 나는 처음으로 누군가를 사랑한다는 것은 책임이 따른다고 생각했고, 내가 누군가랑 사랑해서 임신을 한다면 절대 낙태는 하지 않겠다고 다짐했다.

나는 그런 이야기를 후배한테 풀어놓았다.

"아이들이 서로를 좋아하고 사랑하는 것은 당연하다고 생각해. 그렇잖아, 김 교수? 그건 걔들 잘못 아니지. 내 말은 서로 섹스를 한다는 것까지 포함해서 하는 말이야. 서로 좋아하면 그럴 수 있잖아? 물론 고등학생들이 그러면 쓰냐고 할 사람도 있겠지만……. 다만 사랑한다는 것은 책임이 따른다는 것을 알아야 하는데…… 섹스하고 싶으면 콘돔을 준비하고 그래야 하는데……. 난 그렇게 생각해. 부모가 가르쳤어야 한다고. 사랑하려면 꼭 콘돔을……."

"형은 딸에게 그렇게 말해줬나요?"

"나도 중고등학교 때는 못했어. 그렇지만 작년에 유럽으로 혼자 배낭여행 가는 딸에게는 말했어. 그것만 부탁했어. 진짜! 반드시 콘돔 준비하라고."

"그런 건 학교가 해야 하는 것 아닌가요?"

"학교도 해야 하지만 부모도 해야 하지 않을까? 난 그렇게 생각해. 그리고 그놈, 자네 딸내미 남친 말이야. 적어도 도망치지는 않았잖아? 그럼 그놈은 그래도 괜찮은 놈이야!"

"형, 그래서 어쩌라고요? 그놈을 사위로 맞이하라고요?"

"아니 아니, 그렇다는 것이지. 해결은 아이들이랑 자네 부부 그리고 남자아이 쪽 부모들이랑 다 만나 해야 하는 것이고."

나는 거기까지밖에 할 말이 없었다. 마침 그에게 전화가 왔고, 그는 밖으로 나가서 통화를 하고 오더니 급하게 의자에 걸친 옷을 챙겼다.

"형, 가봐야겠네요. 지민이가 집을 나갔답니다!"

나는 그가 나간 뒤에도 한동안 혼자 앉아 있었고, 그가 남기고 간 술병을 비우기 시작했다. 워낙 술을 못하기 때문에 엄청나게 부대낀다는 것을 알면서도, 그가 남기고 간 술을 그냥 둘 수가 없었다.

자신의 가치란을 알 수 있는
근사한 서재

초등학교에 강연을 가면 단골로 듣는 질문이 있다.

"선생님은 어렸을 때 책을 많이 읽으셨나요?"

이 뻔한 질문을 하는 아이의 눈빛을 보고 있노라면 이렇게 쓰여 있는 것 같다.

'저는 선생님이 작가라는 것을 잘 압니다. 작가는 한평생 글 쓰고 책만 읽으면서 살아간다는 것도 알지요. 그래도 우리들처럼 어렸을 때 진짜로 책을 좋아했는지 궁금해요. 왜냐하면 전 글 쓰기도 좋아하고 작가도 되고 싶긴 하지만 책을 많이 보지 않거든요. 그래서 작가인 선생님께 저처럼 어렸을 때 얼마나 책을 좋

아했는지 확인하고 싶은 거예요.'

그런 아이의 속마음을 헤아리는 순간 몇 번이나 멈칫거렸다. 나는 어렸을 때는 거의 책을 보지 않았기 때문이다. 그러니까 그 아이한테는 솔직하게 말해야 하지만, 대다수 아이들을 비롯해 선생님들은 그 반대의 대답을 해주기를 원한다. 돈을 들여서 작가를 모신 이유는 아이들에게 책을 많이 읽히기 위한 것이 주된 목적이다. 그런데 작가라는 사람이 "난 어린 시절에 책을 한 권도 안 읽었어!" 하고 말한다고 생각해보라. 그 썰렁함을 어쩌랴. 선생님들은 "뭐 저런 놈이 다 있어? 저게 작가야?" 하고 노골적으로 쏘아댈 것이다.

나는 강연이라는 것을 시작할 때부터 내 자신에게 '솔직하게 말하자!'고 다짐했다. 나는 돈을 많이 버는 사람도 아니고, 유수한 문학상을 휩쓴 훌륭한 사람도 아니다. 다만 작가라는 직업을 갖고 30년 가까이 한눈팔지 않고 걸어왔을 뿐이다. 그런 삶이 농부하고 비슷하다고 생각한다. 화려하지는 않아도 농부들이 당신들 맘대로 씨앗을 뿌리고 거둬들이듯이 나 역시 내 맘대로 글이라는 씨앗을 뿌리고 다듬어서 수확하니까. 나는 그런 삶에 만족한다.

나는 그런 이야기를 솔직하게 하는 편이다. 그러니 아이들이 어렸을 때 책을 많이 읽었냐고 물으면 그것 역시 솔직하게 말할 수밖에 없었다. 수백 번 그런 질문을 받았는데 단 한 번도 "예, 책을 많이 보았습니다" 하고 말한 적 없다. 그러고 나면 아이들은 믿을 수 없는지 여기저기서 웅성거린다.

"작가 선생님이 어렸을 때 책을 한 권도 안 읽었대!"

"그게 말이나 돼? 작가가 되려면 책을 많이 읽어야 한다고 했잖아?"

"책을 읽지 않고도 작가가 될 수 있나? 저 선생님은 좀 이상해."

선생님들은 노골적으로 눈을 깜박이면서 그 말을 번복해달라고 강하게 요구하시는 분들도 있다. 어떤 분들은 강연이 끝나기를 기다렸다가 난처한 표정으로 "그래도 아이들한테는 책을 많이 읽었다고 말해줘야 할 것 같아요. 작가 선생님 한마디가 아이들 마음을 많이 움직이잖아요?" 하고 말하면, 나는 숙제를 못해서 쩔쩔매는 학생처럼 당황하기도 한다. 그렇다고 어떻게 거짓말을 한단 말인가.

다시 한 번 고백하자면, 어린 시절 나는 책을 한 권도 읽지 않았다.

초등학교를 졸업할 때까지 동화책은 물론이요, 그와 비슷한 류의 책조차 단 한 권도 잡아보지 못했다. 그건 나뿐만 아니라 우리 마을에 사는 모든 아이들이 그랬다.

그때까지만 해도 나는 눈으로 읽는 책보다는 귀로 읽는 책에 더 익숙해져 있었다. 밤만 되면 나는 동네 형들에게 온갖 이야기를 들었고, 집에서는 할머니나 할아버지한테 〈춘향전〉, 〈심청전〉, 〈옥단춘전〉을 귀로 들었다. 그렇게 귀로 듣는 것만으로도 충분했다. 물론 우리 마을 아이들 중에서 그 누구도 동화책을 갖고 있지 않았고, 내가 다니는 학교에도 도서관이 없었으므로 동화책이라고는 꼴을 볼 수 없었다.

나는 중학생이 되어서도 책멀미 한 번 해보지 않았다. 그걸 자랑이라고 할 수야 없겠지만 그렇다고 숨길 만한 일도 아니다. 중학교 역시 도서관이 없었고, 학교를 샅샅이 뒤져도 교과서나 참고서 외에는 다른 책들은 없었다. 가끔씩 달달한 로맨스 소설책을 가지고 와서 읽는 아이들도 있었으나 그것 역시 나하고는 거리가 멀었다. 부모님 역시 책이란 교과서와 참고서를 의미하는 것이지, 다른 책이 공부나 인생에 도움이 된다는 생각까지 이르지는 못했다. 그러니 중학생이 된 내 친구들 책꽂이에도 교과서와 참고서 외에는 다른 책들이 끼어들 수가 없었다.

나는 중학교를 졸업하자마자 대도시로 유학을 떠났다. 중학교 때까지만 해도 학생들끼리 서로 경쟁한다는 생각을 그리 많이 하지 않았다. 그러나 대도시에 있는 고등학교에 입학한 순간부터 마치 군대에서 선착순 달리기를 시키듯이 숨 막히는 경쟁

속에 빠져들었다. 나는 거기에 적응하지 못했다. 1학년 때부터 성적은 바닥으로 추락했다. 성적 하락은 내 모든 것을 다 뺏어가 버렸다. 어른들은 나를 보고 "너 어디 아프냐? 왜 매사에 힘이 없냐?" 하고 말할 정도로 풀이 죽어버렸다. 길거리에서 노래를 부를 때조차도 누군가의 눈치를 보는 습관이 생겼다.

공부를 못한다는 것은 한마디로 인간이 아니었다. 그냥 생김새만 인간일 뿐 학교에서도 인간 취급을 하지 않았다. 그러니 모든 자신감을 잃어버린 것은 어찌 보면 당연한 일이다. 심지어 촌놈이 가장 잘하는 달리기조차 자신이 없어서 체육시간에 100미터나 1,000미터 달리기를 하면 일부러 늦게 달렸다. 촌놈이 가장 잘 알고 있는 풀이름조차도 당당하게 말할 수 없었다. 화단가에 피어 있는 풀꽃을 보고 누군가 제비꽃이라고 했는데, 내가 보기에는 패랭이꽃이었지만 사실대로 말할 수 없었다는 뜻이다. 왜냐하면 나는 공부를 못하니까, 그 누구도 내 말을 들어주지 않을 것이다. 실제로 그런 일이 몇 번 있었고, 그때부터 나는 절대로 나서지 않았다.

한마디로 공부를 못한다는 것은 그냥 바보나 다름없었다. 반대로 공부를 잘하는 사람은 시를 대충 써도 잘 썼다는 평가를 해줘야 했다. 한번은 우리 반에서 공부 잘하는 애가 시를 써서 아이들에게 돌렸는데, 내가 보기에는 그냥 시를 흉내만 낸 것 같았지만 그 누구도 그걸 비판하지 못했다. 왜냐하면 그는 공부를 잘했으니까.

나는 하루하루 힘겹게 버텨나갔다. 어떤 날은 집에 돌아와서 부엌에 웅크리고 있다 보면 내 몸이 그대로 굳어버려서 아무리 움직이려고 해도 되지 않은 적도 있다. 그런 날은 그냥 부엌에서 밤을 지새웠다. 나는 새벽 일찍 담을 넘어 학교에 갔다. 교문을 통과하면 늘 선도부 아이들이 붙들고는 온갖 꼬투리를 잡았기 때문이다. 공부는 바닥이었고, 게다가 난독증까지 앓아서 책도 잘 읽지 못했다. 그야말로 찌질이 중에서도 왕찌질이었다. 도망치고 싶어도 도망칠 곳이 없었고, 죽으려고 고향 마을 강가에 갔다가 다시 돌아왔다. 어떻게 고등학교 3년을 버텨낼지 그저 암담할 뿐이었다. 아무런 숨구멍이 없었다.

수학여행을 다녀왔는데 교장 선생님이 특별한 숙제를 내주었다. 모든 학생에게 기행문을 써서 제출하라고 했고, 그중에서 잘 쓴 글을 뽑아 상을 주겠다고 했다. 나 역시 숙제를 해야 하기 때문에 뭐라고 글을 써서 제출했지만 그 내용은 하나도 기억나질 않는다. 나는 그때까지 기행문이라는 것도 몰랐다. 그런데 담임 선생님이 종례시간에 "우리 반에서는 이상권이 상을 받는다. 다음 주 월요일 애국조회 때 시상할 거다" 하고 말했고, 순간 모든 아이들의 눈빛이 내게로 쏠렸다. 저 찌질이 골통이 글을 잘 쓴다니, 믿을 수 없다는 표정이었다. 나도 당황스러웠다. 그러면서도 속으로 만세를 불렀다. 이거야말로 내 삶의 대반전이었다. 담임선생님은 내 글이 진솔하고 감정 표현이 잘되어 있어서 심사하는 선생님이 칭찬을 많이 했다는 말도 덧붙였다. 나는 그때 처음으로 "어쩌면 내가 글쓰기를 좋아할지도 몰라" 하고 중얼거렸다.

돌아다보니 나는 편지쓰기를 좋아했다. 도시로 나간 형제들한테 오는 편지는 내가 다 답장을 썼고, 혼자만의 일기장을 많이 가지고 있었다. 그러나 초등학교 중학교를 졸업하도록 백일장 대회는 근처에도 가보지 않았고, 선생님들한테도 내가 글쓰기에 재주가 있다는 말을 들어본 적이 없었다. 그런 내가 상을 받는다니, 이런 반전이야말로 기적이었다.

드디어 애국조회가 시작되었다. 거의 3,000명 가까운 학생들이 모여 있었고, 기행문 시상식이 진행된다고 사회를 보는 교련 선생님이 말했다. 그때만큼 몇 분 몇 초가 길었던 적이 없다. 그 상은 수렁에 빠져서 허우적거리는 내게 신이 내린 구원의 밧줄이었다.

드디어 나를 부를 차례가 되었다.

몇몇이 나를 부러운 눈길로 쳐다보는 것이 느껴졌다. 그 순간만은 우리 반 아이들 모두가 꼴등이고 찌질이인 나를 생각하고 있었는데, 교련 선생님의 입에서는 정말 상상도 할 수 없는 아이의 이름이 불려졌다. 부반장이었다. 우리 반 아이들은 모두 놀라서 나와 부반장을 번갈아가면서 쳐다보았고, 당사자인 부반장은 갑작스럽게 불린 자신의 이름에 놀라서 얼른 대답조차 하지 못하고 있었다. 사회자인 교련 선생님이 다시 한 번 부반장 이름을 호명했고, 그제야 그는 "에!" 하고 대답하면서 뛰어나갔다.

순간 나는 "그러면 그렇지. 나한테 그런 행운이 돌아올 리가 없지" 하고는 고개를 떨궜다. 꼴등인 아이가 그런 상을 받는다는 것은 말도 안 되는 소리다. 그렇다. 나는 그렇게 체념해버렸다. 교실로 돌아와서도 부반장은 나를 보면서 미안해하였고, 다른 아이들도 이 어처구니없는 사태를 보면서 황당한 표정을 지었다.

그날 오후에서야 사건의 진실이 밝혀졌다. 심사했던 선생님들이 처음에는 글만 보고 나를 뽑았는데, 막상 나라는 아이를 들여다보니 성적이 바닥이었다. 그래서 내가 쓴 글이라고 믿지 않았고 누군가 대신 써준 글이라고 결론을 내린 다음 나 대신 부반장에게 상을 주기로 했다는 것이다.

몇몇 아이들이 나를 위로했다. 나는 아무렇지도 않았다. 당연하다는 생각도 했으므로 부반장한테는 진심으로 축하해주었다. 학교라는 곳에서는 성적이 곧 모든 것을 결정한다는 사실

이야 누구나 아는 사실이다. 결국 그 사건은 더는 누구의 입에도 오르내리지 않았지만 한 아이의 가슴에는 지울 수 없는 상처를 남겼다.

그래도 나는 선생님들을 원망하지 않았다. 비록 내가 상을 받지는 않았지만, 내 글이 인정받은 것이 좋았다. 나는 그것으로 족했다. 아니 성적 하락으로 모든 것에 자신감을 상실해버렸던 아이에게는 새로운 가능성을 발견하는 순간이었다. 만약 내가 꼴등이 아니었다면, 나는 많은 학생의 박수갈채를 받았을 것이다. 그렇다면 성적으로 모든 것을 결정하는 학교만 벗어난다면, 나는 달라질 수도 있을 것 같았다. 고등학교에 와서 처음으로 희망을 떠올리는 순간이었다. 처음으로 글을 써보고 싶다는 생각을 했고, 책이라는 것이 그때 떠올랐다. 글을 써서 책을 만드는 사람. 그런 직업을 그때 처음 생각했고, 어쩌면 그것이 공부 못하는 나한테 맞을 수도 있겠다는 생각도 들었다.

그다음 날 나는 학교에 가자마자 도서관을 찾아갔다. 나는 도서관에 들어가서 서가에 꽂혀 있는 모든 책을 세어보았고, 이제 나머지 시간을 책만 보고 졸업하자고 마음먹었다. 그때부터 나는 책에 빠져버렸다. 아침에 도서관에 가서 서너 권의 책을 빌리면 그날 오후에 반납할 수 있었다. 왜냐하면 나는 수업시간에도 도서관에서 빌린 책을 보았기 때문이다. 국어, 수학, 영어 등 모든 과목을 가리지 않았고, 교과서 밑에는 항상 도서관에서 빌린 책이 있었다. 그러다가 선생님에게 걸리면 매서운 처벌을 받아야 했다. 그래도 두렵지 않았다.

책을 알게 되면서 우습게도 학교라는 곳이 싫지 않았다. 학교에는 나를 친구처럼 맞아주는 책들이 있었다. 나는 아무도 의식하지 않았고, 그냥 책만 보았다. 아쉬웠던 것은 좋은 책을 구별할 만한 능력이 없어서 아무 책이나 닥치는 대로 읽었다는 사실이다. 『삼국지』가 눈에 보이면 그걸 독파하고, 일본 삼류소설이 눈에 잡히면 그것을 파고들었다.

책은 공부를 못해도 당당하게 읽을 수 있었다. 왜냐하면 겉으로 눈에 띄게 드러나는 행위가 아니었기 때문이다. 그리고 책을 보는 순간에는 아무런 생각이 들지 않았다. 내가 이 대도시에 와서 헤매고 있는 것도, 성적이 바닥이라는 것도, 아이들이 나를 찌질이로 본다는 것도. 책은 나만의 판타지 세상이었다. 하루 종일 눈이 빠져라 책만 보아도 지치지 않았다.

나는 날마다 글도 썼다. 역시 누군가에게 배운 바가 없어서 그냥 멋대로 쓰는 글이었다. 때론 소설이고, 때론 수필이고, 때론 시였다. 물론 학교 백일장 같은 곳은 얼씬도 하지 않았다. 내가 그런 곳에서 환영받을 만한 아이가 아님을 잘 알고 있었다. 그러나 이름과 성적을 지우고 글로만 평가를 받는다면, 나도 한 번

도전해보고 싶은 욕망이 간질간질하게 타올랐다.

　그 시절에 내가 어느 정도 책을 보았는지 그건 모른다. 다만 내 손에서 하루도 책을 놓지 않았고, 내 가방은 늘 책으로 가득 차서 어느 범생이의 가방보다 더 무거웠다. 나는 그런 무게를 은근히 즐겼다. 그리고 내가 비록 공부는 못하지만 책은 그 누구보다도 많이 읽었을 것이고, 그것이 훗날 내 살이 될 것이라고 확신하고 있었다. 작가가 되면 좋고 그렇지 않더라도 그 지식들이 아주 유용하게 쓰일 거라고 자부했다. 그리고 돈을 벌게 되면 가장 먼저 나만의 서재를 꾸밀 것이라고 하루에도 몇 번씩 다짐을 했는지 모른다. 그러니까 나는 책 때문에 그 시절을 버티어낸 것이다. 아마 책을 만나지 못했다면 소년이 그 시절을 버티어냈을지…… 솔직히 나는 장담할 수 없다.

　나는 그런 이야기를 중고등학교에 가면 꼭 들려준다. 비록 고등학교에 갈 때까지 책 한 권 제대로 보지 않았지만 결국에는 그 누구보다 책을 많이 보았다는 반전을 강조했다. 나는 그런 반전을 선생님들이 좋아할 줄 알았다. 그러나 뜻밖에도 선생님들은 그런 반전을 원치 않았다. 더구나 학교 공부를 팽개치고 수업시간에도 책만 보았다고 하는 등, 도무지 내 이야기는 선생님의 뜻과는 거리가 멀었다. 고등학교 때 내가 했던 독서법은 일종의 반항으로 여겨졌고, 그것은 건전한 독서법하고는 거리가 멀다고

난 멍 때릴 때가 가장 행복해

생각하시는 분들도 있었다. 어떤 선생님들은 그냥 내가 작가로서 평범한 길을 걸어온 것처럼 "평상시에 늘 책을 많이 봤다고 해주세요. 그래야 애들이 책을 많이 봅니다" 하고 말했다. 더구나 초등학생들에게는 중고등학교 이야기도 할 수 없으니, 어린 시절에 책을 많이 봤냐는 질문만 나오면 여간 곤욕스러운 게 사실이다. 그래서 초등학생들에게는 "초등학교 때는 책을 많이 안 봤지만 고등학교 때부터는 많이 봤어요!" 하고 말하기도 하는데, 그것 역시 선생님들에게는 성이 안 차는 모양이다. 초등학교 선생님들도 작가는 무조건 어려서부터 책을 많이 보는 존재여야 하고, 그것을 아이들에게 말해주기를 바라고 있었다.

나는 그것보다 책이 주는 무한한 꿈에 대해서 말하고 싶고, 결국은 아이들에게 서재의 중요성에 대해서 말하고 싶다. 나중에 어른이 되었을 때 요즘 어른들처럼 좋은 외제차로 천박하게 부를 과시하려고 하지 말고, 자신의 가치관을 알 수 있는 근사한 서재 하나쯤은 마음껏 꾸며서 과시해도 좋다고! 그리고 집집마다 그렇게 근사한 서재들이 자리를 잡고 있을 때, 그제야 비로소 우리나라는 진정으로 삶의 만족도가 높아질 것이라고.

과자 한 봉지를
훔친 아이

작은 잎새들이 수군거리는 봄날이었다.

나는 산길 초입에 있는 편의점 쪽으로 가다가 "어어, 저놈 봐라!" 하면서 걸음을 멈췄다. 작은 남자아이가 편의점 바깥에다 내놓은 판매대에 쌓여 있는 새우깡 한 봉지를 슬쩍 등 뒤로 감추고는 뒷걸음질 치기 시작했다. 편의점 안에서는 아무런 반응을 보이지 않았다. 내가 슬쩍 눈길을 돌려보니 편의점 안에서는 주인으로 추정되는 50대 남자가 스마트폰에 푹 빠져 있었다. 그러니까 아이의 도둑질은 완벽하게 성공한 셈이었다.

나는 멍하니 서 있다가 은연중에 아이를 따라가기 시작했다.

난 멍 때릴 때가 가장 행복해

아이는 내 눈이 CCTV처럼 자신의 모든 행위를 다 포착하고 있었다는 사실을 뒤늦게 깨달았다. 그래서 아이는 힐끗힐끗 뒤돌아보면서 더 빠르게 발걸음을 다그쳤다. 그렇다고 해서 내 걸음걸이가 더 빨라진 것은 아니다. 나는 그냥 아이가 달아나는 쪽으로 일정하게 움직였고, 아이가 어서 내 눈이 추적할 수 있는 사정거리에서 벗어나기를 바라기도 했다. 그게 내 솔직한 심정이었다.

한동안 아이가 보이지 않았다. 나는 묘한 안도감을 느끼면서 더욱 걸음의 속도를 늦추었고, 이제 눈앞에 나타나는 갈림길에서 돌아서자고 고개를 끄덕였다.

갈림길에서 오른쪽으로 돌아서다가 "헉!" 하고 깜짝 놀라면서 걸음을 멈춰버렸다. 아이가 그곳에 서 있었다. 순간적으로 그 아이가 흑백사진으로 보였다. 낯익은 얼굴이었다. 내 심장이 급하게 뛰고 있었고, 입 안에서는 마른 건빵이 바스락거리면서 부서지는 소리가 났다. 적당히 침이 섞여야 더 달달해지는 건빵의 속성이라지만 아무리 혀를 놀려도 침샘에서는 물이 흘러나오지 않았다. 그만큼 아이는 긴장하고 있었다. 목구멍으로 넘어가는 건빵은 꼭 바스라진 돌멩이들처럼 딱딱했다. 아이는 그것을 삼킬 때마다 발끝에다 힘을 주었는데, 묘하게도 눈물이 핑 돌았다.

나는 하마터면 그 아이의 손을 덥석 잡아줄 뻔했다. 고개를 푹

떨군 아이의 손에 들린 새우깡이 곧 떨어질 것 같았다. 아이는 손을 덜덜덜 떨고 있었다.

나는 몇 번 심호흡을 하고는 "어떻게 해야 하지?" 하고 주위에 있는 가로수인 은행나무에게 물어보듯이 눈길을 돌렸다가 "그냥 못 본 체해줄까?"

그렇게 속삭였는데, 그건 내가 아니라 은행나무의 목소리처럼 들렸다. 누군가의 목소리가 내 고막으로 고스란히 빨려드는 것 같았고, 따뜻한 물이 가랑이 사이로 흘러내리는 것만 같았다. 그러면서 다시금 내 얼굴이 확 달아올랐다.

내 고막으로 모여든 목소리는 순재 아짐의 목소리로 변해 있었다.

눈앞에 서 있는 아이가 다시 흑백사진처럼 흐려졌다.

내가 초등학교 5학년 때였다. 강에서 놀다가 마을 전방 앞으로 지나가는데 참을 수 없을 정도로 강렬하게 배고픔이 엄습했다. 전방을 보자 더욱 배가 고팠다. 슬쩍 안을 보니까 전방 할머니는 방에서 자고 계셨다.

그때부터 소년은 자신의 몸을 통제할 수 없었다.

소년은 살금살금 고양이걸음으로 들어가서 가장 가까운 거리에 있는 건빵 한 봉지를 끌어당겼고, 그것을 웃옷 속에다 넣고는 어떻게 바깥으로 나왔는지 모른다. 바깥세상이 노랬다. 아무

난 떡 때릴 때가 가장 행복해

것도 움직임이 없었다. 오직 소년 혼자서만 움직였다. 소년은 몇 번이나 두리번거렸고, 그 어떤 움직임도 없음을 다시 확인하고는 탱자나무들이 우거진 골목으로 자신의 긴 그림자를 끌어당겼다. 탱자나무 아래는 채송화들이 땅바닥의 모든 틈새를 다 메우려고 작정하듯이 울긋불긋 꽃을 피우고 있었다. 소년은 그곳에 앉아서 건빵봉지를 뜯었다. 네모진 건빵을 입에 넣었다. 그것은 유독 딱딱하게 느껴졌고, 그것을 씹을 때마다 바위가 부서지는 소리가 났다. 그렇게 크게 들렸다.

그 소리보다 더 크게 누군가의 발걸음 소리가 고막을 엄습했다. 슬리퍼 끄는 소리였다. 그 소리만으로도 누군지 알 수 있었다.

당시 마을에서는 고무신이 대세였고 분홍색 슬리퍼를 신은 사람은 딱 한 사람뿐이었다. 전방 할머니네 며느리인 새색시 순재 아짐이었다. 그랬으니 소년의 다리는 달아날 엄두도 내지 못했고 고개를 떨궈버렸다. 그런데도 배고픔은 사라지질 않았고, 어서 건빵을 바스러뜨려서 목구멍 아래로 내려 보내라고 아우성치고 야단이었다. 소년은 처음으로 자신의 몸에서 그렇게 양극단의 감정을 가진 생명체들이 살고 있음을 알고는 더욱 당황했다. 자신의 손발을 비롯해 입, 눈, 코 등을 자기 맘대로 조종할 수 있다고 생각했는데, 살다 보면 그것이 불가능해지는 순간도 있다는 것을 아프게 깨달았다. 왼쪽 가랑이로 따뜻한 오줌물이 흐르고 있었다. 마른 건빵을 씹어대는 위아래 턱의 기계적인 움직임을 멈추려고 해도 어찌할 수가 없었다.

순재 아짐하고 눈이 마주쳤다. 눈물이 핑 돌았다. 환장할 노릇이었다. 그런데도 그 주책없는 입은 계속 건빵을 씹어대고 있었고, 조금씩 그 달달한 맛이 혀끝을 통해 몸속 어디론가 전달되고 있었다.

순재 아짐의 살 냄새가 느껴질 정도로 다가왔다. 지난 초겨울에 시집을 왔으니까 아직 1년도 되지 않았다. 순재 아짐이 타고 온 택시에 화려하게 장식됐던 동백나무와 오색 테이프들이 눈앞을 스쳐갔다. 소년은 그때 나중에 어른이 되어 결혼하게 된다면 순재 아짐 같은 신부를 맞이하겠다고 몇 번이나 일기장에다 썼는지 모른다. 게다가 순재 아짐은 엄마를 잘 따라서 집에도 자주 놀러왔다. 순재 아짐은 소년이 그림 그리는 것을 좋아한다는 것도 알았고, 그때마다 소년에게 다가와서 그 꿈을 포기하지 말라고 등을 다독여주었다.

그런 순재 아짐을 소년은 차마 쳐다볼 수 없었다. 그냥 이대로 바퀴벌레가 되어 사라져버리고 싶었다. 왜 자신이 그린 짓을 했는지 후회가 밀려오는데도, 그놈의 입은 계속 건빵을 씹어대고만 있었다. 그래서 소년은 더욱 자신이 부끄러웠다. 바보 같았다. 영영 아무것도 먹지 않아도 되니까 누군가 나타나서 자신의

난 먹 때릴 때가 가장 행복해

입을 없애버린다고 해도 받아들일 것 같았다.

순재 아짐이 낮게 한숨부터 내쉬었다.

"그냥 못 본 체해줄까?"

"……."

"아니면 내가 할머니한테 말씀드릴까?"

소년은 움찔하면서 고개를 흔들었다.

"그럼 어떻게 할래?"

"돈 생기는 대로 건빵값 갖다 드릴게요."

소년은 제발 봐달라는 투로 말했다.

순재 아짐은 환하게 웃으며 "그래라" 하고는 돌아서더니, 다시금 소년을 향해 천천히 걸어와서 속삭였다.

"할머니한테 말하지 말고 나한테 가져와라. 그리고 걱정 마라. 아무한테도 말하지 않을게."

그다음 날 소년은 2년간 모아온 돼지저금통을 갈랐고, 한 움큼의 동전을 들고 순재 아짐을 찾아갔다. 순재 아짐은 아무런 말 없이 소년이 주는 건빵값을 받았다.

순재 아짐은 지금도 고향에 살아 계신다. 물론 그 비밀을 끝까지 지켜주셨다. 아직도 살아가는 탱자나무랑 채송화들도 끝까지 비밀을 지켜주었다.

몇 년 전에 마을에서 순재 아짐을 만났다. 나는 그때 그 소년

의 비밀을 지켜줘 고맙다고 인사를 했고, 살아가면서 나쁜 생각
이 들 때마다 그 기억을 떠올리면 욕심이 사라지고 편안해진다
는 말도 덧붙였다. 나이 든 순재 아짐은 환하게 웃었다.

"난 그런 기억이 없는데…… 근데 자꾸 우리 집 탱자나무 울
타리 주위에 와서 탱자꽃이랑 채송화꽃을 보고 간다는 것은 알
고 있었지. 유독 꽃을 좋아하는 아이였어. 그러더니 작가가 되
었구나!"

순재 아짐을 생각하다 보면 알록달록한 모자이크가 떠오른
다. 순재 아짐도 어려서 화가를 꿈꿨다고 했다. 가난해서 그 꿈
을 접고 농촌으로 시집와서 농부가 되었지만, 그런 생도 나쁘
지 않았다고 웃을 때는 당신의 얼굴에서 수많은 나비가 날아가
는 것 같았다.

나는 그렇게 순재 아짐을 떠올리고 있었다. 그 아이가 과자를
훔쳐서 달아날 때부터 그랬을 것이다. 그래서 그 아이를 보자마
자 "못 본 체해줄까?" 하고 물었던 모양이다. 아이는 아무런 말
을 하지 않았다.

나는 다시 순재 아짐처럼 물었다.

"그럼 내가 편의점 아저씨한테 말씀드릴까?"

아이는 움찔하면서 고개를 흔들었다.

"그럼 어떻게 할래?"

"내일 돈을 갖다 드릴게요. 편의점 아저씨한테 솔직하게 말씀드리고요."

그 아이가 제발 봐달라는 눈빛으로 쳐다보자 나는 하마터면 웃어버릴 뻔했다. 어쩌면 그 시절 나랑 똑같을까. 나는 아이의 눈을 똑바로 쳐다보지 않았다. 그것이 그 아이에 대한, 아니 과거 속의 소년에 대한 예의 같았다.

"너무 배가 고파서요. 아침밥도 안 먹었어요. 엄마랑 아빠가 싸워서요."

아, 그랬구나! 나도 모르게 지갑을 꺼내려다가 그냥 돌아섰다. 그 대신 최대한 빨리 그 아이의 눈에서 사라지려고 했다. 그래야만 할 것 같았다.

뒷모습이 아름다운 어른으로 남고 싶다

나는 몇 년 전까지만 해도 강연이나 가르치는 행위를 하지 않았다. 제법 좋은 조건으로 대학에서 강의도 할 수 있었고, 각종 아카데미 강사로도 초대받았고, 도서관을 비롯해 각종 학교에서도 요청이 있었다. 나는 그런 요청들을 거의 대부분 거절했다. 그것 때문에 오해도 많았고, 정말 미안한 얼굴이 한둘이 아니었다.

군이 그 이유를 밝히자면 내가 말주변이 없고 소심한 성격이라 많은 사람들 앞에 서는 게 부담스러웠다. 두 번째 이유는 그런 곳에다 시간을 할애하다 보면 창작시간이 줄어들까 봐 걱정이 되었다. 세 번째 이유는 내가 꼰대가 될지도 모른다는 불안 감 때문이다. 내가 누군가를 가르친다는 명목으로 꼰대가 된다면, 나중에 더 감당할 수 없는 일이 내 몸 안에서 일어날 것만 같았다.

그런데 지금은 왜 강연을 하냐고 물어오면 나는 씁쓸하게 웃는다. 가장 큰 이유는 절박한 경제 사정 때문이다. 이제 인세 수입만으로는 생활이 불가능하다. 그러니 강연시장에 뛰어들어 애벌레처럼 몸을 굴려서라도 수입을 만들어내야만 한다. 굳이 또 다른 이유를 말하라면, 내 몸과 마음이 많은 사람들 앞에 설 수 있을 정도로 건강해졌고, 그래서 나도 직접 독자들을 만나고 싶어졌다는 것이다.

그렇게 해서 뒤늦게 가르치는 행위를 하기 시작했는데 여전히 내가 꼰대가 될까 봐 걱정이 되긴 했다. 그래서 나는 새롭게 강의하는 자리에서는 솔직하게 말한다.

"내가 강의를 시작하게 됐는데, 가장 큰 걱정은 제가 꼰대가 될까 봐입니다."

강의하는 자리가 편한 곳이라면 더 구체적인 부탁까지 한다. 혹시라도 내 말이 쓸데없이 길어지거나 꼰대처럼 보이면 솔직하게 말을 해달라고. 그게 쉽지 않은 일임을 알지만 나한테는 아주 중요한 일이기 때문에 솔직하게 고백하고 부탁한다. 만약 내가 꼰대가 된다면 그것은 작가로서, 예술가로서 그 생명이 다했음을 의미한다. 내 자신이 그런 상태라고 진단이 내려지면 더 이상 글을 써서는 안 된다. 그만큼 문학예술은 고리타분해서는 안 된다. 안타깝게도 인간이란 존재는 나이가 먹어갈수록 생각이 녹슬고 꼰대 기질이 늘어난다. 그건 예술가에게도 마찬가지다. 그래서 나는 더욱 꼰대에 대해서 예민할 수밖에 없다.

내가 어렸을 때도 '꼰대'라는 말이 있었다. 우리 친구들이나 형들은 마을에서 잔소리를 심하게 하는 어른, 학교 선생님을 꼰대라고 불렀다.

"우리 꼰대는 아침에 일어날 때부터 잔소리를 시작해서 잘 때까지 잔소리를 해대. 지겨워 죽겠어!"

"우리 꼰대는 약속을 안 지켜. 분명히 어린이날 놀게 해준다고 해놓고는……. 나는 나중에 절대 꼰대가 안 될 거야!"

"하여간 꼰대들하고는 말이 안 통해. 자기들이 잘못한 것까지도 인정하지 않고, 나중에는 막 화를 내잖아! 어린놈이 어른 말에 대든다고!"

그렇게 꼰대라는 말은 어른들을 지칭하는 일상적인 언어였다. 원래 꼰대라는 말은 자기만의 고리타분한 생각을 갖고 있는 사람으로서, 자기보다 아랫사람에게 자신의 생각을 강요하는 사람을 말하는데, 아이들은 그보다 더 넓은 의미로 꼰대라는 말을 사용했다. 그래서 대부분의 어른들이 아이들 눈에는 꼰대로 보였다. 자꾸 무엇인가를 아이들에게 가르치려고 하는 사람, 그러니까 부모님이나 선생님이 꼰대의 전형이 될 수밖에 없었다.

그렇다고 모든 어른들을 꼰대라고 손가락질하지는 않았다. 어떤 아이가 아무개 어른을 꼰대라고 지목하고 몰아세운다고 해서 꼰대로 지목되는 것은 아니다. 나름대로의 검증 절차가 있다. 특별하게 아이들이 '꼰대검증위원회' 따위를 만들어서 토론을 하는 것도 아니다. 그냥 또래집단들이 자연스럽게 검증하는 식이었다.

철수: 감나무집 아저씨야말로 꼴통 꼰대야! 내가 아침에 인사 안 했다고 그 자리에서 불러놓고 지랄하는데 귀가 따가워서 죽는 줄 알았어!

희철: 나도 저번에 그 아저씨한테 인사 안 했다가 혼났어. 근데 무턱대고 꾸짖는 건 아닌데……. 나한테는 왜 동네 어른을 보고 인사 안 했냐고 물어봤어. 서로 인사하면 좋지 않겠냐고. 그러면서 아이가 어른한테 인사했는데, 어른이 인사 안 받아주는 것도 나쁘다고 하셨어.

진수: 맞아! 그 아저씨는 막힌 꼰대는 아니야. 그래도 우리들이야기를 들어주잖아? 그리고 그 아저씨는 어른도 잘못했으면

아이들에게 사과해야 한다고 말하잖아?

그렇게 다른 친구들이 말을 하게 되면 문제를 제기한 아이도 수긍할 수밖에 없었다. 그 당시 우리들은 꼰대에 대한 정확한 어원도 몰랐다. 그런데도 동네 어른들을 보면, 저분은 꼰대이고 저분은 꼰대가 아니고, 저분은 꼰대 기질이 있지만 그래도 꼰대는 아니고, 저분은 꼰대인 것 같기도 하고 아닌 것 같기도 하고…… 그런 식으로 다 구별할 수 있었다. 그런 데이터는 마을 형들이 생각하는 것이랑 일치했다.

사실 인간이란 동물이 이 세상을 지배할 수 있게 된 것은 일정 부분 꼰대의 되물림이 큰 영향을 미쳤다. 인간이란 나이가 들어갈수록 누군가에게 가르치려고 하는 본능이 강해진다. 그것은 먼저 경험하고 배운 것을 후손들에게 전해주고 싶은 자연스러운 본능이기 때문에 뭐라 할 수는 없다. 아이들도 그건 안다. 다만 그 방법적인 측면에서 아이들은 '꼰대'라는 방점을 찍고 맹렬하게 거부하는 것이다. 어른이라는 존재적인 위치를 이용해 아랫사람에게 다른 생각을 용납하지 않고 절대적으로 자신의 생각만을 강요하기 때문에 갈등이 생긴다. 그때마다 '어른한테 대든다', '요즘 어린것들은 싸가지 없다', '어른이 말하면 들어먹어야 하는데……' 하는 식으로 아이들을 비판한다. 그렇게

난 떵 때릴 때가 가장 행복해

말하는 사람들은 세대 간에 소통이 불가능할 정도로 중증 꼰대병을 앓고 있다.

꼰대라는 말은 이제 아이들만이 쓰는 언어가 아니다. 이제는 나이 든 어른들도 "아, 오늘 우리 부서 꼰대 때문에 머리가 아프다. 사장한테 한소리 들었는지, 우리한테 와서 퍼붓잖아!" 하고 자기 부서의 상사를 꼰대라고 지목하기도 한다. 그러니까 꼰대라는 말은 '어른, 교사, 교장, 아버지, 사장, 두목, 부장, 과장, 선배, 형……' 등을 두루 지칭한다. 이제 그 누구든 꼰대의 대상이 될 수 있다. 심지어 한두 학번 위의 과 선배들을 꼰대라고 말하기도 한다. 그만큼 타인의 생각을 존중하지 않고 자기만의 생각을 강요하는 세상이 돼버렸다는 뜻이기도 하다. 그만큼 꼰대들이 늘어나고 있다는 말인데, 도대체 왜 그런 걸까?

옛날에는 아이들이 또래집단들과 많은 시간을 보냈다. 자기 또래, 동생 또래, 형이나 누나 또래 같은 수많은 집단이 있었고, 그 또래와 또래 속에서 수많은 것을 배우고 전달했다. 이제는 또래집단이 없다. 모든 것을 학교에서 배운다. 학교란 꼰대들이 가르치는 교육기관이고, 집에 오면 역시 부모라는 꼰대가 기다리고 있다. 학원을 비롯해 학교 밖의 수많은 교육기관에서도 꼰대들이 포진하고 있다. 특히 취업이 힘들어지면서 가르치는 곳이 더 늘어나고 있고, 자격증이라도 주는 곳은 절대적인 권위를 갖는다. 초등학교에서 중학교, 고등학교, 대학교로 올라갈수록 가르치는 선생님들의 권위가 올라간다. 위로 올라갈수록 꼰대들이 많아진다는 뜻이기도 하다. 그러다가 직장에 들어가면 온통 꼰대들뿐이다. 어딜 가나 꼰대들뿐이다. 결국 꼰대가 되지 않고서는 살아갈 수가 없는 세상이 되고 있는 셈이다.

그래서 나도 두렵다. 몸 어디에선가 꼰대 기질이 움터서 뇌로 뻗어갈까 봐. 내가 죽는 날까지 글을 쓰기 위해서는 건강도 중요하지만 이런 꼰대 기질을 철저하게 경계해야만 한다는 것을 나는 잘 알고 있다. 그래서 후배들을 만나러 갈 때도 '오늘은 말 많이 하지 말자!' 하고 다짐한다. 그래도 그런 다짐이 잘 지켜지지 않는다. 그때마다 거울 속 나를 보고 "너 정신 차려야 해. 이러다간 글 더 이상 못 써!" 하고 냉정하게 다그치면서 돌아서려고 할 때마다 떠오르는 얼굴들이 있다.

몇 년 전에 고등학교 은사인 A선생님이 불쑥 찾아왔다.

A선생님은 학생들을 공부 잘하는 이와 못하는 이로 구분하고, 공부 못하는 이에게는 온갖 모욕을 주었다. 그런 모욕이 그 아이를 일어서게 하는 자양분이라고 생각하는 사람이었다. 그분은 늘 노력을 강조했다

"야, 노력하는데 왜 안 돼. 니가 노력을 안 하니까 안 되는 것이지. 노력하는 데 안 되는 게 어딨어?"

난 떵 때릴 때가 가장 행복해

그 말에 조금이라도 반론을 제기하면 지체 없이 주먹이 날아왔다. 그분은 당신만 믿고 따라오면 좋은 대학에 갈 수 있고, 그 이후의 삶이 편안하다는 것을 여러 경로를 통해 보여주었다. 그분은 무시로 당신이 가르친 제자가 고시에 합격했다고 알렸고, 각종 공무원, 좋은 대학, 좋은 직장에 갔다는 것을 때마다 알려주면서 아이들에게 당신의 가치를 강요했다.

그때마다 나는 내 귀를 막아버렸다. 나는 아무리 노력해도 그분의 눈에 예쁘게 잡힐 수 있는 학생이 아니었기 때문이다.

그런데 세월이 흘러 그분이 나를 찾아왔는데 예나 지금이나 변한 게 없었다. 나는 그분의 부탁을 거절했다. 그래도 헤어질 때는 미안해서 배웅을 해드리고 싶었는데, 그분은 한사코 나를 먼저 보내려고만 했다. 그러니 내가 더욱 미안해지면서 돌아서지를 못하고 있었는데, 그분이 고해성사를 하듯이 "너한테만큼은 내 뒷모습을 보여주기 싫다!" 하시면서 손을 내저었다. 나는 그 말을 듣고서야 먼저 뒤돌아섰다. 그러면서 그분의 앞모습보다는 뒷모습을 보고 고맙게 인사드리는 날이 왔으면 좋겠다고 생각했다.

나 역시 앞모습보다는 뒷모습이 아름다운 어른으로 남고 싶다. 내 어릴 때 꿈은 '좋은 어른'이 되는 거였다. '좋은 어른'이란 꼰대가 아닌 사람을 의미한다.

중학교 때였다. 어쩌다가 나는 어머니와 싸우고 가출을 하기로 결심했다. 나는 곧장 읍내 터미널로 야생동물처럼 뛰어갔다. 10리(4킬로미터)가 넘는 밤길도 두렵지 않았다. 나는 터미널 앞에서 기다리고 있던 K 형님을 보고는 그만 주저앉고야 말았다. K는 아버지보다 몇 살 아래였지만 항렬이 나랑 같아서 형님이라고 부르고 있었다. 그는 나를 보자마자 허허허 웃고는 어깨를 토닥여주었다. 그런 다음 식당으로 가서 밥을 먹었다. 아무런 말도 없었다. 그러고는 먼저 자전거에 오른 다음 당신의 등을 내보였다.

"많이 힘들었던 모양이구나! 괜찮다. 다 지나가는 것이어. 괜찮아."

그는 거의 혼잣말에 가깝게 읊조렸다. 나도 모르게 자전거에 엉덩이를 걸치고 그의 뒷모습을 보았다. 깡마른 농부의 뒷모습이었다. 나는 그의 뒷모습에다 얼굴을 묻었다. 그는 계속 몸으로, 숨결로 말하고 있었다. 너를 믿는다고. 나는 그분의 목소리를 온몸으로 느꼈다. 그리고 앞모습보다 뒷모습이야말로 인간의 따뜻한 삶이 고여 있는 곳이라고 생각했다. 나는 그의 뒷모습을 꼭 끌어안고 하염없이 울었다. 나를 믿어줘서 고맙다고, 나중에 크면 꼭 당신 같은 어른이 되겠다고.

요즘은 모든 어른들이 표정이 잘 드러나지 않는 뒷모습보다

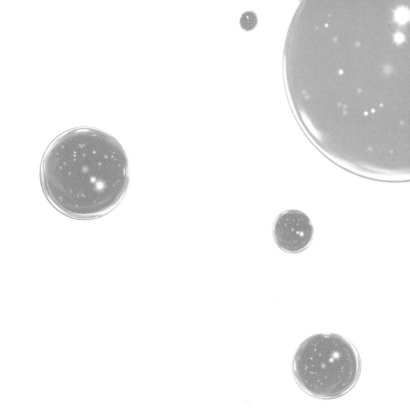

는 화려하게 표정이 드러나는 앞모습만 보여주려고 하지만, 나는 K 형님처럼 뒷모습이 아름다운 어른으로 살고 싶다. 그러기 위해서는 꼰대가 되지 않아야 하는데, 나이가 들어갈수록 그것이 두렵다.

작가의 말

먼저 고백하겠다.

이 글을 쓰기란 쉽지 않았다. 그만큼 망설임이 많았고, 그만큼 내가 밟아온 길을 보여주는 것이 두렵기도 했다.

우연히 기차에서, 게스트 하우스에서 청소년들을 만났다. 그들과 이야기하다 보니, 그들하고 비슷하게 살았던 청소년기에 대해서 이야기를 하게 되었고, 그들은 그 이야기를 자신의 이야기처럼 받아들이고 아파해주었다. 그리고 나랑 똑같이 그들도 자신의 이야기를 들려주었다. 나는 그들과 창밖을 보면서 이런 책을 구상했다. 그들과 긴 밤을 보내면서 좀 더 편안하고 오래오래 이야기를 하기 위해서 이런 책을 구상했다. 그러니까 이 책은 요 몇 년간 내 곁을 스쳐간 청소년들이 준 선물이다.

이제 진짜 고백을 하겠다.

어머니를 비롯하여 형제들 그리고 고향 친구들에게 처음으로 영원히 묻어두려고 했던 이야기를 끄집어내겠다. 물론 모두들 깜짝 놀라겠지만 그래도 이제는 편안하게 할 수 있을 것 같다. 그 이야기를 해야만 나에 대한 모든 의문이 다 풀린다. 분명히 그 아이는 동식물을 좋아해서 그런 쪽으로 갈 것 같았고, 또는 역사를 좋아해서 역사 선생님이 될 것이라고 생각했는데, 작가라니? 정말 의외다! 사실 나를 알고 있는 모든 사람이 그렇게 생각하고 있다.

내 삶은 고등학교에 가면서 요동치기 시작했다. 상상도 할 수 없는 일이 벌어졌다. 대도시에 있는 낯선 학교에 적응하지 못한 나는 심한 불안 증세와 난독증으로 학교생활을 거의 할 수 없었다. 지금 돌이켜보면 그냥 학교를 포기했어야 했다. 아니면 그냥 고향으로 돌아갔어야 한다. 그랬다면 그토록 아픈 상처를 입지 않았을 것이다.

성적은 꼴찌로 추락했다. 아무런 출구가 없었다. 학교 선생님도 심지어 제발 도와달라고 찾아간 교회 목사도 도와주질 않

난 멍 때릴 때가 가장 행복해

왔다. 아이는 혼자 몸부림치다가 생을 끊으려고 유서를 들고 강에 가서 밤새 울었다.

그 아이가 죽지 않고 그 시절을 버텨낼 수 있었던 것은 책 때문이었다. 그러니까 교과서가 아니라 달달하고 재미있는 연애소설들이었다. 우연히 발견한 책이 그 아이의 도피처였고, 그때부터 아이는 작가라는 황당한 직업을 생각했다. 그때까지 아이는 한 번도 백일장에 나가본 적도 없고, 누군가에게 글을 잘 쓴다는 말을 들어본 적도 없었다. 그런데도 작가라는 꿈을 꾸었다. 그것이 불가능한 꿈이라고 할지라도 그런 꿈이라도 갖고 있어야만 죽지 않고 버틸 수가 있었다.

아이는 어른이 되고 나서야 꿈을 갖는다는 것이 얼마나 소중하고 대단한 일인지 깨달았다. 꿈이란 가능한 것이냐 불가능한 것이냐로 구분해서는 안 된다. 말 그대로 누군가 꿈꾸는 것, 자신이 가장 하고 싶은 것, 그것이 꿈이다. 그런 꿈이 없으면 가슴속에서 따뜻한 힘이 생기지 않는다. 어떻게 살아가는 것이 멋지고 즐거운 일인지 고민하지 않는다는 뜻이다.

우리 아이들은 너무나도 서글프게 살아간다. 초등학교 때만 해도 엄마들은 아이들에게 새로운 꿈을 갖게 하려고 많은 노력을 한다. 온갖 체험학습을 통해서 아이들에게 다양한 생각과 창의력을 갖게 하려고 한다. 그러나 아이가 중학생이 되면 엄마의 태도는 달라진다. 그때부터는 다른 생각을 못하게 하고 오로지 공부에만 매달리게 한다. 문과에서 공부를 잘하면 교대를 가야 하고, 이과에서 공부를 잘하면 의대를 가야 한다. 아이들의 선택권은 아예 없다. 아이의 꿈이고 뭐고 현실 앞에서는 아예 싹을 내밀지 못한다. 어떤 외계인의 말처럼 지구인들은 백 년도 살지 못하는데, 왜 그렇게 잘 먹고 잘 사는 것에만 매달리는지 모르겠다. 좀 멋스럽게 자기만의 방식으로 꿈꾸고 살아가도록 어른들이 오히려 도와주었으면 좋겠다. 그런 어른들의 도움이 없다면 우리 아이들의 아름다운 미래는 상상도 할 수 없다.

다시 고백한다.

이 글을 쓰는 내내 마음이 너무 아팠다. 졸업식장에 붙어 있는 아이들의 꿈이 '정규직'이라는 이 어처구니없는 현실을 바라다보면서도 아무것도 해줄 것이 없는 내 자신이. 그리고 어느새 다음 세대를 고민하며 보다 좋은 세상을 물려주어야 하는 나이에 와버렸는데, 오늘도 파란 하늘 한 번 보기 힘든 이런 세상을 물려주어야 하는 내 자신이.

그래도 믿는다. 젊은 아이들의 힘을. 어떤 사람들은 요새 아이들이 고생을 안 해봐서 허우대만 크고 속이 나약하다고 하지만, 나는 그들이 우리 같은 어른들보다 훨씬 더 현명하고 다양

한 가치 속에서 살아가고 있음을 알고 있다. 나는 그들의 살아
가는 힘을 믿는다.

2018년 초가을
이상권

"꿈이 없어도 좋으니까 포기하지는 말자.
살다 보면 또 하고 싶은 것이 생기는 법이야.
그렇게 살아가는 것 중에,
특히 너희들만 할 때는 책 읽는 것도 아주 중요해.
왜냐하면 책 속에는 수많은 생각과 길이 있거든.
나도 책 속에서 희망을 찾은 사람이란다."

—

잘 버텨줘서 고마워…
아이는 그때부터 생이란,
오직 한 그루 나무처럼 버티는 것이라는 사실을 깨달았다.
그래서 더욱 외롭기는 했지만
주변의 나무나 풀을 보면 그냥 지나치지 않았다.
가로수도 자주 끌어안는 버릇이 생겼고,
작은 풀꽃만 보아도 그것을 꺾어다가 자취방에다 꽂아두었다.
그들을 보면서 버티는 법을 배웠다.

책을 알게 되면서 우습게도 학교라는 곳이 싫지 않았다.
학교에는 나를 친구처럼 맞아주는 책들이 있었다.
책은 공부를 못해도 당당하게 읽을 수 있었다.
내가 대도시에 와서 헤매고 있다는 것도,
성적이 바닥이라는 것도,
아이들이 나를 찌질이로 본다는 것도.
책은 나만의 판타지 세상이었다.

난 멍 때릴 때가 가장 행복해

이상권 © 2018

초판 1쇄 발행일 | 2018년 12월 10일
초판 3쇄 발행일 | 2020년 6월 2일

지은이 | 이상권
펴낸이 | 사태희
디자인 | 엄세희
편   집 | 한승희
마케팅 | 장민영
제작인 | 이승욱 이대성

펴낸곳 | (주)특별한서재
출판등록 | 제2018-000085호
주 소 | 서울시 마포구 양화로 59 화승리버스텔 703호
전 화 | 02-3273-7878
팩 스 | 0505-832-0042
e-mail | specialbooks@naver.com
ISBN | 979-11-88912-30-8 (43810)

이 도서의 국립중앙도서관 출판예정도서목록(CIP)은 서지정보유통지원시스템
홈페이지(http://seoji.nl.go.kr)와 국가자료종합목록시스템(http://www.nl.go.kr/kolisnet)에서
이용하실 수 있습니다. (CIP제어번호: CIP2018037616)